L'ÉPOUSE DU TIGRE

LE CLAN DU LION #4

EVE LANGLAIS

Copyright © 2015/2021 Eve Langlais

Couverture réalisée par Yocla Designs © 2020/2021

Traduit par Emily B, 2020/2021

Produit au Canada

Publié par Eve Langlais

http://www.EveLanglais.com

ISBN livre électronique: 978-1-77384-2073

ISBN Papier: 978-1-77384-2080

Tous Droits Réservés

Ce roman est une œuvre de fiction et les personnages, les événements et les dialogues de ce récit sont le fruit de l'imagination de l'auteure et ne doivent pas être interprétés comme étant réels. Toute ressemblance avec des événements ou des personnes, vivantes ou décédées, est une pure coïncidence. Aucune partie de ce livre ne peut être reproduite ou partagée, sous quelque forme et par quelque moyen que ce soit, électronique ou papier, y compris, sans toutefois s'y limiter, copie numérique, partage de fichiers, enregistrement audio, courrier électronique et impression papier, sans l'autorisation écrite de l'auteure.

CHAPITRE UN

Est-ce que ça poserait vraiment problème si je kidnappais la future mariée avant même que la cérémonie n'ait lieu ?

Probablement, cela causerait sûrement plus de problèmes que ce que valait Meena – malgré ses gènes formidables – et c'est pourquoi Dmitri était assis sur une chaise au dernier rang dans cette zone de réception extérieure temporaire au lieu de planifier un grand kidnapping.

Et non, ce n'était pas parce qu'il affichait un air mécontent qu'il boudait. Il plaignait Meena de ne pas avoir fait le bon choix. Il aurait clairement fait un meilleur mari. C'était les faits, et non pas son arrogance qui le rendaient si sûr de lui.

Hélas, Meena n'avait pas su percevoir sa grandeur. Elle avait rejeté sa proposition de mariage – ce qui l'avait choqué – même si pour lui, son non, n'était pas vraiment un non. Dès qu'il avait posé ses yeux sur ses magnifiques hanches – faites pour enfanter des petits, costauds et forts

— il avait voulu que ce soit elle qui crée sa lignée de tigrons.

Il ferait mieux de préciser qu'il ne voulait pas dire des Tigrous, comme l'avait taquiné sa sœur dès qu'elle avait entendu parler de son plan. Les tigrons étaient son objectif, un mix entre un tigre et un lion, un mélange formidable qui offrait une force, une taille et une fourrure impressionnantes. Cependant, afin de créer ce merveilleux mélange hybride, il lui fallait trouver la compagne parfaite. En tant que tigre mâle de Sibérie en parfaite santé avec une lignée excellente, une belle carrure et des cheveux luxuriants, il avait déjà une taille imposante. Ajoutez ses merveilleux gènes à ceux d'une lionne robuste et il ferait de super bébés.

Ou du moins, il aurait pu si un autre homme ne lui avait pas volé Meena. Peu importe que Meena fût loin d'être enchantée par son plan, au point de s'échapper – les portes verrouillées, les barreaux sur les fenêtres et l'isolement n'étant pas vraiment un obstacle pour elle – avant même qu'il n'ait le temps de lui passer la bague au doigt. Certes, il avait remarqué sa réticence. Mais elle aurait fini par changer d'avis. Qui pourrait ne pas l'aimer ? Sa mère décrétait qu'il était parfait. Sa grand-mère disait qu'il faisait la fierté de leur lignée. Quant à sa sœur ? On s'en fichait de ce qu'elle disait, non ?

Mais non, Meena avait été têtue et avait fini par le rejeter pour un ligre oméga. Quel dommage. Quelle déception. Quel soulagement de ne pas devoir faire face à cette femelle têtue.

En un sens, Meena lui avait rendu service. Plus il se confrontait à ses bêtises, plus il se rendait compte qu'ils n'auraient pas été faits pour être ensemble. Pas du tout.

Premièrement, Dmitri préférait les femmes dociles. Il avait eu assez de femmes autoritaires dans sa vie, à commencer par sa mère – « *Tu ne vas pas porter ça, si ? Attends, laisse-moi choisir quelque chose de plus approprié. Nous avons quand même une image à tenir face aux classes inférieures.* » Une Tsarina[1], effectivement. Sa mère souffrait d'illusion de grandeur et était nostalgique d'un passé où leur famille régnait.

Puis, il y avait sa sœur et sa grand-mère, toutes les deux ayant bien trop d'opinions sur ce qu'était une épouse convenable pour un seigneur russe – un seigneur de la mafia, mais quand même quelqu'un d'important. Même si la populace en général, du moins celle humaine, ne reconnaissait pas sa supériorité et sa domination, ceux appartenant au monde des métamorphes en Russie le percevaient pour ce qu'il était. Un homme puissant que personne ne devait jamais provoquer.

Meena avait osé le contrarier. Le défier. Lui échapper. Et en quelques minutes, elle était devenue le problème d'un autre mâle. Son félin intérieur ne venait quand même pas de soupirer de soulagement, si ?

Quant à lui, il était de retour à la case départ. Pas de femme. Pas de perspectives. Pas de...

Quelque chose d'appétissant avance vers nous.

En effet, quelque chose de délicieux arrivait en déambulant avec des hanches larges, de longues jambes et une odeur qui lui donna envie de se rouler sur le dos et de lever les jambes en l'air pour pouvoir se tortiller.

Il bava presque devant cette splendide silhouette

féminine qui attira son regard. Quant à son visage ? Elle ressemblait exactement à Meena, pourtant ce n'était pas elle.

Qu'est-ce que c'est que cette histoire ? Est-ce que la Meena génétiquement parfaite avait une sœur ? Une sœur qui n'était pas mariée ? Pouvait-il être aussi chanceux ?

Un murmure traversa la foule et il entendit cette phrase, répétée plus d'une fois par plusieurs personnes présentes : « Les ennuis arrivent ».

Ils ne parlaient quand même pas de cette déesse qu'il était actuellement en train de déshabiller du regard ?

Captivé, il ne put s'empêcher de fixer cette blonde sculpturale alors qu'elle descendait l'allée centrale avec grâce, la tête haute, son long cou très tentant, ses hanches se balançant. L'image même de l'élégance. Du moins, elle l'était jusqu'à ce que l'un de ses talons se prenne dans un coin du tapis rouge et qu'elle ne couine en plongeant par terre.

Il faillit s'élancer de son siège pour la sauver, mais plusieurs mains l'aidaient déjà à se remettre debout. S'il volait maintenant à son secours, il attirerait trop l'attention.

Il vaut mieux cacher notre intérêt pour que les gens ne le remarquent pas.

Cependant, garder ce petit secret pour lui risquait de s'avérer difficile étant donné qu'il n'arrivait même pas à détacher son regard de cette femme.

Je la veux. Mais il n'y avait pas que son tigre qui ressentait le besoin de se frotter à cette charmante créature.

Les rouages dans son esprit tournaient au fur et à mesure qu'il complotait. Peut-être que ce voyage aux États-Unis ne serait pas si inutile que ça après tout.

Quelques instants plus tard, quand son ex-fiancée arriva au bras de son père, il n'y fit même pas attention. Qui s'en souciait ? Certainement pas lui. Bizarrement, il n'accorda pas un seul regard à Meena dans sa robe blanche, et pourtant, il avait mémorisé chaque centimètre de la silhouette de cette inconnue. La ressemblance entre elle et son ex-fiancée était frappante, cependant, il remarquait à la fois distinctement leurs différences. Notamment leur démarche. Cette fille qui l'intéressait avait une apparence fragile qui contrastait avec son incroyable carrure.

À peine la cérémonie fut-elle terminée que Dmitri était déjà à l'affût, se dirigeant avec détermination vers sa future épouse – il avait toujours été un homme qui prenait des décisions rapides – jusqu'à ce qu'un gars costaud se mette en travers de son chemin.

N'étant pas non plus un homme de petite taille, Dmitri ne battit pas en retraite face au regard noir du type. Au contraire, la tête haute, et prenant un air impérieux – qui lui avait été enseigné dès son plus jeune âge par sa mère qui avait insisté en lui expliquant que les seigneurs regardaient toujours le monde de haut, même si le monde était plus grand – Dmitri leva un sourcil et avec une arrogance qui n'appartenait qu'aux plus puissants, il dit :

— Vous êtes sur mon chemin.

La suite silencieuse de sa phrase était : *pousse-toi avant que je ne te pousse moi-même.*

Sauf qu'apparemment, ce grand gaillard ne le perçut pas comme une intimidation, probablement parce qu'il en faisait lui-même actuellement usage. Le père de Meena n'était pas du genre à s'incliner devant qui que ce soit malgré son statut d'ouvrier.

— Qu'est-ce que tu fais à regarder ma fille comme ça ?

— N'est-ce pas normal pour un fiancé délaissé de se lamenter sur la perte d'une femme remarquable ?

Peter, qu'il avait rencontré la nuit précédente et avec qui il avait bu de la vodka et fait un bras de fer, ricana.

— Oh, pitié, nous savons tous les deux que tu n'étais pas amoureux de ma Meena.

— J'avais prévu de l'épouser.

— Pour faire de super bébés, je sais. Nous le savons tous. Et tu l'as perdue. Mais tu sais très bien que je parlais de mon autre fille. Teena. Tu la dévores du regard comme si elle était un morceau de steak fraîchement coupé qui te suppliait de la dévorer. Et je veux que tu arrêtes ça tout de suite.

Teena. Désormais, il avait un prénom. Il devait également faire face à une menace. Sa journée s'illuminait.

— Votre fille, Teena, elle est célibataire ?

Peter émit un léger grognement.

— Peu importe qu'elle le soit ou non. Tu ne t'approches pas d'elle. Elle n'est pas comme sa sœur. Elle est fragile.

Et maladroite étant donné qu'elle venait de tournoyer et de cogner un serveur qui tenait un plateau de boissons. Mais au moins, les verres qui s'étaient renversés contenaient du vin blanc ce qui signifiait que ceux qui furent arrosés ne reçurent que des gouttelettes et ne furent pas tachés.

— Qu'est-ce qui vous fait croire que je ne ferais pas preuve de la plus grande courtoisie à son égard ?

— Je perçois déjà ton esprit sournois. Tu n'as pas pu avoir l'une de mes filles alors maintenant tu convoites l'autre. Écoute mon garçon, je ne sais pas comment ça marche en Russie, mais ici, dans cette bonne vieille Amérique on ne harcèle pas les femmes pour ensuite les forcer à se marier. Qu'on le veuille ou non, il y a ici ce qu'on appelle la libération des femmes ce qui signifie qu'elles peuvent choisir avec qui elles veulent partager leur vie.

— Et si je lui laisse le choix, est-ce que vous accepterez ma demande ?

— Non.

— Pourquoi ? Je suis riche. Bien élevé. Je vous assure que je ne suis pas un coureur de jupons. Je prendrai mes vœux très au sérieux. Alors je vous le demande à nouveau, pourquoi non ?

Sa question provoqua un froncement de sourcils.

— Ne cherche pas la merde avec moi mon garçon. Et ne cherche pas d'emmerdes à ma fille. Teena est trop innocente pour être avec un type comme toi.

Innocente ? Quelle délicieuse friandise. Sa détermination à la posséder ne fit que croître, malgré les objections de son père.

— Je crois que ce choix appartient à votre fille.

— Et je te le dis tout de suite, je ne te laisserai pas harceler Teena comme tu l'as fait avec Meena.

Dmitri pinça les lèvres et émit un bruit.

— Le mot harceler est un peu fort, vous ne croyez pas ? Votre fille a accepté nos fiançailles. Ce n'est pas de ma faute si elle s'est ensuite dégonflée.

Peter leva les yeux au ciel.

— Est-ce que tous les Russes sont aussi arrogants et stupides ? Elle n'a jamais accepté. Tu l'as emprisonnée. Maintenant, écoute-moi bien espèce de tête de mule, parce que je ne t'avertirai pas deux fois. Ne. T'approche. Pas. De. Teena. La seule raison pour laquelle tu es toujours en vie, c'est parce que j'ai promis à l'alpha du clan de ne pas provoquer une catastrophe diplomatique. Mais donne-moi d'autres raisons et toi et moi irons faire une petite promenade dans les bois. Et si c'est le cas, seul l'un d'entre nous en ressortira vivant.

N'étant pas du genre à se laisser impressionner par des menaces, Dmitri étira les lèvres pour dévoiler ce que ses ennemis appelaient son sourire effrayant.

— Dès que vous voulez aller vous promener dans les bois, faites-moi signe, mais je vous conseille de faire vos adieux avant. Je suis certain que vous manquerez beaucoup à votre famille.

La confiance était la meilleure amie de Dmitri depuis l'enfance.

Sa réponse surprit l'homme plus âgé qui éclata de rire.

— Bon sang, tu as de sacrées couilles mon garçon ! Je te l'accorde, et peut-être que dans d'autres circonstances je t'aurais laissé courtiser ma petite fille chérie. Mais il est hors de question que je laisse mon petit chaton délicat épouser un inconnu et partir à l'étranger.

Dmitri prit ces paroles comme une acceptation

partielle de sa demande, une demande qu'il ne répéta pas à voix haute. Pas besoin d'avertir ceux qui étaient opposés à ses plans.

Et des plans, il en avait, des plans diaboliques, de séduction. Quel que soit le nom qu'on ait envie de leur donner, il n'avait pas l'intention de quitter la fête à moins qu'une certaine demoiselle ne reparte avec lui.

Consentante ou non.

Grrr.

---

1. Titre d'une femme autocrate russe

CHAPITRE DEUX

Ce regard entre ses deux omoplates la brûlait. La picotait. Et réveilla son félin curieux. Cela donna envie à Teena de se retourner pour jeter un coup d'œil. Pourtant, elle savait que cela paraîtrait bizarre si elle le faisait. Car elle était après tout exposée aux yeux de tous en tant que demoiselle d'honneur.

Mais quand même, elle avait vraiment envie de savoir qui l'observait avec une telle intensité.

Elle avait senti le poids de ce regard dès l'instant où elle avait marché le long de l'allée centrale. Plus étrange encore, le fait de savoir que quelqu'un l'observait si avidement ne l'effrayait pas. Au contraire, cela réveillait sa conscience, une chaleur en fusion qui semblait couler dans ses veines et stimuler tous ses sens.

Pour elle, ses sens soudain en alerte s'expliquaient par sa chute très peu gracieuse un peu plus tôt – ça et cette phrase murmurée, mais tout à fait compréhensible : « Les ennuis arrivent ».

Ils avaient raison. Teena avait déjà prouvé à maintes

reprises qu'elle était un aimant à problèmes, notamment quand elle se retrouvait sous le feu des projecteurs, comme c'était le cas maintenant.

Le tapis rouge, placé sur une pelouse bien entretenue, avait un tout petit pli et, avec ses chaussures à talons, avait conspiré contre elle.

Si une lionne tombe durant un mariage, tout le monde l'entend – et se met à commenter.

— Ooooh ! avait dit une foule de spectateurs.

Un craquement avait été entendu alors qu'elle tombait. Puis le cri paniqué de sa tante :

— Que quelqu'un la relève, elle est en train d'écraser ce pauvre oncle Georges !

Mais il n'avait pas été le seul à amortir sa chute.

Youhou, regardez-moi ça, j'ai réussi à mettre K.O trois invités à la fois.

Les joues roses – une habitude qu'elle n'avait pas réussi à perdre au fil des ans, malgré ses nombreuses mésaventures – elle se releva grâce à un peu d'aide. Cependant, pas la peine pour elle d'essayer de marcher avec ses talons. L'un d'eux vacilla dangereusement, c'est pourquoi, avec un visage assez rouge pour rivaliser avec une tomate bien mûre, elle enleva ses talons et, les tenant du bout des doigts, elle termina son parcours avec une démarche peu glorieuse le long de l'allée tapissée.

Alors qu'elle se tenait devant les convives, à sa place de demoiselle d'honneur, elle eut l'occasion de scruter la foule. Il ne lui fallut que quelques secondes pour repérer le coupable qui se cachait derrière ce regard. Il appartenait à un homme tout au fond, habillé élégamment avec un costume gris foncé qui épousait parfaitement la largeur de ses épaules. Ses longues jambes s'étiraient sur le côté et ses pieds se balançaient dans l'allée. Un homme de grande taille. Un mâle sexy et sensuel aux cheveux noirs avec une touche de reflets rouge-or et des yeux qui la clouaient sur place.

Elle eut des papillons dans le ventre et cette fois-ci, la chaleur qui irradia ses joues n'eut rien à voir avec de la gêne.

On nous admire. Sa lionne intérieure se pavana devant cet éloge visuel évident.

Teena eut envie de se recroqueviller sur elle-même. N'aurait-elle pas dû se douter que le plus beau des hommes la verrait trébucher ? Mais bon, était-elle vraiment surprise ? Ses antécédents avec les hommes n'étaient pas très glorieux et sa tendance à s'attirer des ennuis n'aidait pas. Pour une fille qui croyait aux contes de fées, elle semblait rencontrer beaucoup de zéros au lieu de héros.

Mais, hé, si Meena a pu rencontrer un homme, moi aussi je le peux.

Au lycée il avait été voté que, sa sœur jumelle, avec sa nature audacieuse et ses manières peu orthodoxes, était celle qui avait le plus de chance de se retrouver isolée sur une île déserte ou de se faire tuer par l'une de ses victimes.

Pourtant, Meena avait trouvé son âme sœur, et un beau gosse en plus de ça qui, dans un élan romantique, avait organisé ce mariage surprise auquel Teena assistait actuellement. Un mariage surprise qui incluait un fiancé délaissé.

Étant donné qu'elle ne reconnut pas cet étranger et

que ses manières d'aristocrates ne semblaient pas être à leur place ici, Teena réalisa immédiatement qui était cet homme. Pas étonnant qu'il la scrute du regard avec autant d'intérêt.

Alors voici le fameux Dmitri.
Il est sexy. Et il est en train de me reluquer.

Pas besoin d'être un génie, une fois qu'elle eut fait le lien, pour comprendre d'où venait son intérêt. Il ne pouvait pas avoir l'une des sœurs alors maintenant il s'intéressait à l'autre.

Dommage qu'elle ne l'ait pas rencontré en premier. Teena aurait adoré être l'objet ardent de son attention, même si sa façon de raisonner – car Meena avait longtemps crié d'une voix stridente qu'il ne s'intéressait qu'à ses hanches parfaites pour enfanter – laissait à désirer.

Peut-être qu'au début ce mâle russe sexy aurait voulu d'elle pour ses gènes, mais finalement, Teena l'aurait fait tomber amoureux d'elle. Ou l'aurait accidentellement tué en essayant de le faire.

Quand la cérémonie se termina, Teena remarqua, en retenant son souffle, qu'il se dirigeait tout droit vers elle, une démarche interrompue par un père un peu trop protecteur.

Elle soupira.

Et voilà, tout fantasme autour de ce Dmitri qui aurait pu la conquérir, la séduire et la convaincre de l'accepter comme époux, disparut.

Quel dommage. Même si elle n'était que le second choix, Teena aurait bien aimé rêver et imaginer un peu de romantisme.

Entourée de ses cousines qui pouffaient de rire et

faisant de son mieux pour empêcher sa sœur de commettre un désastre, Teena essaya de détourner son attention de Dmitri et de son père. Mais son regard revenait sans cesse et c'est ainsi qu'elle ne vit pas arriver ce pauvre serveur qui tenta de venir à ses côtés pour lui offrir une boisson.

Après avoir été arrosée de vin blanc, tante Patty eut la gentillesse de s'exclamer :

— Oh, ne t'inquiète pas ma chérie ! Je commençais à avoir chaud de toute façon.

Mais Teena s'inquiéta. Malgré toute sa grâce la plupart du temps, il suffisait d'un faux pas, qu'elle se retourne, parfois qu'elle se penche juste pour récupérer une pièce sur le trottoir pour provoquer une catastrophe.

Sa capacité à causer des accidents lui avait valu de se faire larguer à plusieurs reprises, parfois même au moment de l'addition. Rien n'était plus embarrassant que de voir un éventuel prétendant ne pas revenir des toilettes après qu'elle lui ait accidentellement aspergé le visage de jus de homard en essayant de casser une pince.

Désormais, elle prenait des plats plus simples quand elle avait des rencards, mais cela ne voulait pas dire que ceux-ci se terminaient mieux, surtout que, lorsqu'elle refusait de coucher au premier rendez-vous ou au deuxième, ils revenaient rarement pour le troisième. Mais ses convictions selon lesquelles elle ne coucherait avec quelqu'un qu'une fois mariée avaient conduit plusieurs hommes à la rayer de leur liste.

Apparemment, l'abstinence était trop difficile à gérer pour eux.

Ce vœu qu'elle avait fait de rester pure jusqu'à ce

qu'elle rencontre le bon et qu'il l'épouse faisait qu'elle avait désormais une vingtaine d'années et qu'elle était toujours vierge, ce qui amusait énormément Meena.

« *Ma sœur, qu'est-ce que tu attends bon sang ?* »

Un mari. Le véritable amour. Le moment parfait.

Un fantasme impossible.

Teena n'avait pas la même attitude culottée que sa sœur. En fait, personne n'était vraiment comme sa jumelle, Meena, qui, avec un cri strident, s'en prit soudain à la « connasse » qui avait osé flirter avec son nouveau mari.

Secouant la tête, Teena tourna les talons face à ce carnage et ce crêpage de chignon. Elle avait déjà assisté à ce genre de choses plusieurs fois. Cela la consternait à chaque fois. Les leçons de savoir-vivre données par leur mère n'avaient jamais marché avec la jumelle de Teena.

Quant à Teena, elle faisait de son mieux pour agir comme une vraie demoiselle, mais parfois, elle se demandait si elle ne ferait pas mieux de suivre l'exemple de sa sœur. Elle semblait bien plus s'amuser.

Un frisson lui parcourut l'échine, une légère prise de conscience qui l'avertit, juste avant qu'une voix à l'accent fort ne lui dise :

— Excusez-moi, mais je ne crois pas que nous ayons eu le plaisir de nous rencontrer.

En pivotant, elle aperçut le Russe rejeté. De si près il était encore plus formidable et sexy. Peu d'hommes étaient capables de la faire se sentir petite. Mais lui, si. Sa hauteur et sa largeur complétaient parfaitement la taille de Teena. Ses cheveux sombres, avec leurs reflets orange et or comme un tigre, paraissaient doux et leur longueur était parfaite pour que l'on y promène ses doigts. Un nez fort, des pommettes saillantes, un menton carré et têtu, compensé par des lèvres charnues et sensuelles, des lèvres qui s'étiraient en un sourire sexy, promettant des plaisirs coquins.

Des yeux bleus, intenses et brillants, croisèrent les siens. Son odeur, un mélange épicé d'eau de Cologne, de musc et de virilité, s'enroula autour d'elle, un parfum capiteux qui lui coupa le souffle pendant un instant. Celle-ci lui brouilla également l'esprit.

Elle cligna des yeux, de manière assez stupide, alors qu'elle essayait de trouver quelque chose à lui répondre. Cela lui prit une bonne minute, mais elle parvint à couiner un : « Salut » peu loquace.

Tant pis pour ses leçons sur comment faire la conversation. Si elle n'avait pas été dehors, elle aurait cherché un mur pour y cogner sa tête.

— Bonjour.

Oh, comme le grondement de sa voix lui plaisait ! Mais pas autant que cet intérêt brûlant dans son regard. Elle ne baissa pas les yeux, mais seulement parce qu'il la fascinait.

— Je suis Dmitri.

— Je sais.

Une fois de plus, elle était la reine de la conversation.

Il leva un sourcil, ses lèvres se courbèrent et une fossette apparut sur sa joue. Une combinaison mortelle.

— Je vois que ma réputation me précède.

— Effectivement, oui, un peu comme la puanteur d'une moufette, interrompit une lionne du clan – Luna, une bonne amie et une cousine – alors qu'elle les rejoignait. Désolée de te l'apprendre mon grand, mais tout le monde sait que tu es un harceleur.

— Un harceleur ? Non. Plutôt un admirateur.

Teena se mordit la lèvre, essayant de ne pas sourire, mais ce fut difficile, étant donné qu'il l'avait dit en lui faisant un clin d'œil.

Luna n'avait pas ce problème quand il s'agissait d'ignorer son jeu de séduction.

— N'essaie pas de jouer de ton charme russe et suave, mon pote. Pas touche à Teena, alors dégage.

— C'est marrant que tu me dises ça, parce que son père vient de me donner exactement le même avertissement. *Teena* – et oui, il ronronna presque son prénom – n'a-t-elle pas son mot à dire ?

Étant donné qu'il focalisait son regard sur elle, elle ne put s'empêcher de rétorquer :

— C'est moi qui déciderai avec qui je parle et qui je fréquente.

Mais qu'est-ce qui se passe ? Teena se demanda si elle paraissait aussi surprise qu'elle l'était intérieurement. Avait-elle sérieusement dit ça ?

Apparemment oui, d'après la mâchoire tombante de Luna et le sourire satisfait de Dmitri.

— La dame a parlé. Tu peux y aller maintenant, dit-il à Luna d'un air suffisant.

L'étrangère à l'intérieur de Teena parla à nouveau.

— La dame dit surtout que tu pourrais retenir ton tigre, mon grand. Même si j'ai envie de pouvoir décider moi-même à qui je parle, je n'ai jamais dit que cela t'incluait toi.

Il ne s'offusqua pas du tout de ses paroles, au contraire, son sourire s'élargit encore plus.

— Est-ce que c'est ta façon subtile et américaine de me demander de te faire la cour ?

— Je crois que nous savons tous comment tu t'y prends pour faire la cour, marmonna Luna d'un air sinistre. Le kidnapping, les pièces fermées et les menaces ne sont pas vraiment les meilleures façons d'avoir une petite amie.

— Et pourtant, les romans d'amour n'utilisent-ils pas ces mêmes méthodes pour que le héros trouve sa promise ?

Le front de Teena se plissa et elle ne put s'empêcher de demander :

— Qu'est-ce que tu connais aux romans d'amour ?

— Ça n'a pas d'importance.

Luna ricana.

— Je crois que si. Ne me dis pas que tu lis des romans d'amour ?

À en juger par la couleur rougeâtre de ses pommettes saillantes, si. C'était tellement surprenant vu le personnage que Teena ne put s'empêcher de trouver ça adorable. Elle prit sa défense.

— Je trouve ça louable qu'un homme soit suffisamment sûr de sa virilité pour se résoudre à lire quelque chose qui est traditionnellement considéré comme étant réservé aux femmes, uniquement parce que cela lui plaît.

Il ricana.

— Je les lis surtout pour comprendre le bourbier qu'est l'esprit féminin. Hélas, bien que j'imite les frasques des héros masculins dans ces sagas, je n'ai toujours pas obtenu le même succès. En d'autres mots, je n'ai toujours pas trouvé l'épouse parfaite.

— Ça ne t'est jamais venu à l'esprit de simplement sortir avec quelqu'un ? se moqua Luna. Je comprends que tu aies l'habitude des poupées gonflables qui n'ont pas besoin de beaucoup d'attention, mais pour ce qui est des femmes réelles, elles en attendent un peu plus. Comme par exemple, les inviter à dîner, les écouter parler, leur faire de petites attentions comme leur tenir la porte et leur offrir des fleurs et non pas les kidnapper et faire d'elles tes prisonnières dans ton donjon.

— Pour ton information, je ne l'ai pas gardée prisonnière dans un donjon. C'était une tour.

Bizarrement, Teena trouva cela extrêmement drôle. Elle ricana. Puis, pouffa de rire.

— Voilà qui explique pourquoi Meena se plaignait de ne pas avoir les cheveux de Raiponce.

— Comme si elle en avait eu besoin. Mes gars et moi sommes toujours aussi perplexes quant à la façon dont elle a réussi à s'échapper de cette pièce. La serrure et la porte étaient blindées.

Teena haussa les épaules.

— Elle a toujours été très débrouillarde.

— Et toi, tu es comme elle ? Est-ce que tu sais crocheter des serrures et faire démarrer une moto juste avec les câbles ?

— Non. Mais je sais tricoter.

Ses compétences douteuses ne le firent pas rire. Au contraire, il sembla bien trop ravi.

— C'est bon à savoir.

Luna lui enfonça un doigt dans la poitrine.

— Oh, non, ça ne l'est pas. Tu ne la kidnapperas pas comme tu l'as fait avec Meena. Teena est trop gentille et innocente pour parvenir à t'échapper, ce qui veut dire que nous serions obligées de te botter le cul si nous devions venir la sauver.

Le manque de confiance que son amie avait en elle lui fit mal. Teena n'était pas si incompétente, et qui avait dit qu'elle aimerait être sauvée ? Il y avait quelque chose de sombrement délicieux dans l'assurance désinvolte et le côté dominateur de Dmitri.

Si seulement je n'étais pas le deuxième choix.

Bombant le torse, Dmitri fixa Luna d'un air majestueux.

— Qui a dit que Teena voudrait être sauvée ? Je suis un mâle éligible, au bagage génétique irréprochable, ma richesse est exceptionnelle et...

— Tu es très arrogant, ajouta Teena en secouant la tête. Luna a raison, je crois que tu devrais focaliser ton attention sur quelqu'un d'autre.

Étrangement, cette suggestion fit grogner sa lionne intérieure tandis que la femme en elle s'affaissait d'un air déçu.

Elle s'effondra encore plus quand il répondit :

— Comme tu veux.

Puis, il s'en alla.

Ce ne fut pas seulement sa lionne qui émit ce miaulement triste.

J'imagine que je n'en valais pas la peine alors.

CHAPITRE TROIS

Les filles têtues étaient le fléau de l'existence de Dmitri et il semblait que le destin se plaisait à les jeter constamment sur son chemin. Notamment quand il était question de se poser avec une femme.

En rencontrant Teena, il avait espéré qu'elle se révélerait facile à charmer et qu'elle serait autant intriguée par lui qu'il l'était par elle. Mais non. Elle lui avait ordonné de la laisser tranquille et il était parti.

Le fait de battre en retraite allait à l'encontre de son éducation. La noblesse russe, même celle des métamorphes, n'admettait pas l'échec. Éduqué dans l'adversité à cause d'une mère qui ne comprenait pas le sens de la défaite, Dmitri n'abandonnait jamais. Gagner était la seule option. Pourtant, même le plus célèbre des généraux savait quand battre en retraite et se regrouper, surtout dans des situations délicates comme celle-ci.

Encerclé par l'ennemi, aussi connu comme étant la fichue famille bienveillante de Teena, il allait devoir faire preuve de prudence. Aucun d'eux ne voulait qu'il vole la ravissante Teena. Mais leur opinion n'avait pas d'importance, car il avait perçu une lueur d'espoir.

Durant leur rencontre, Dmitri avait senti l'intérêt de Teena, un intérêt qu'il n'avait pas pu concrétiser à cause de l'intervention d'une lionne indiscrète. Étant donné que Luna semblait déterminée à le contrecarrer, il avait laissé Teena avec sa chaperonne, mais il n'avait pas abandonné son plan.

Au contraire, son intérêt avait été piqué. Dès qu'il l'avait entendue parler et avait senti l'odeur de son délicieux parfum – féminin, très féminin, avec une pointe de vanille – il était devenu déterminé à la faire sienne. Le fait que son père l'ait menacé de le tuer ne le dérangeait pas. Certaines choses valaient la peine que l'on mette sa vie en danger.

Comme son petit chaton par exemple.

Des courbes appétissantes.

Son félin avait raison. Elle était tentante avec sa silhouette délicieuse, elle était plus féminine que Meena qui possédait un corps plus athlétique.

Dmitri aimait les femmes plus rondes. Cette femme-là.

Elle sera à moi.

Et que ceux qui souhaitaient s'y opposer aillent en enfer – dont il était en partie propriétaire étant donné que personne ne voulait acquérir cette terre en Russie du Nord. Il l'aurait, et ce avant la tombée de la nuit.

Évidemment, il fallut manœuvrer un peu. Personne ne faisait confiance au Russe, du moins c'était ce qu'il avait entendu. Enfin, les hommes ne lui faisaient pas confiance. Les femmes en revanche, battaient des cils et soupiraient en parlant de son « attitude dangereuse » et de sa « nature déterminée ».

Déterminé, effectivement. Mais elles avaient aussi oublié de préciser qu'il était suave, sournois et séduisant, tous les outils qu'il avait l'intention d'utiliser pour faire la cour à cette ravissante demoiselle dont il ne pouvait pas détacher son regard.

Attendre que Teena se retrouve seule prit un certain temps. Mais finalement, sa féline garde du corps finit par aller danser pendant que Teena la regardait avec envie depuis son siège. S'approchant avec deux boissons en main, il lui en offrit une.

— Puis-je t'offrir ce rafraîchissement ?

— Je ne devrais pas. Mère dit qu'il ne faut jamais accepter une boisson de la part d'un inconnu.

— Ah, mais nous ne sommes pas des inconnus.

— C'est vrai. Tu es l'ancien harceleur de ma sœur.

— Tu me juges si durement, et pourtant, tu devrais peut-être essayer de voir les choses de mon point de vue. J'ai vu une femme que je désirais et je l'ai poursuivie, voilà tout.

— Tu as poursuivi ma sœur.

— C'était clairement une erreur.

— Tu crois ? dit-elle avec un rictus.

— Oui, je pense que c'était une erreur, car elle est bien fade par rapport à toi.

Cela la fit rire, le son était léger et naturel.

— Ah, c'est pas mal. Mais ça ne marchera pas. Le fait est que ma sœur t'a largué et que je refuse d'être le second choix.

— Mis à terre sans même m'avoir laissé une chance. Tu me blesses, petit chaton.

Il tenta de paraître malheureux.

— Petit ? ricana-t-elle. Tu cherches vraiment à me flatter.

— À côté de moi, tu parais petite.

Pour appuyer ses propos, il envahit son espace. Pour son plus grand plaisir, elle ne bougea pas et l'autorisa à se rapprocher, assez près pour qu'il s'imprègne vraiment de son essence.

Ambroisie.

Je la veux. Prends-la.

Ce n'était pas tout à fait faisable étant donné qu'ils avaient un public, mais il faillit dire merde, notamment quand le bout rose de sa langue lécha ses lèvres.

— On t'a déjà dit que tu étais un gros dragueur ? dit-elle d'une voix essoufflée qui accompagnait le battement rapide de son pouls.

— Il n'y a rien de mal à montrer l'admiration que l'on a pour une femme.

— Sauf que j'ai entendu dire que ton admiration ne portait pas tant sur la personnalité d'une femme mais plutôt sur la largeur de ses hanches.

— Je suis un homme pragmatique. Ma future compagne doit pouvoir faire face à ma *carrure,* dit-il en ronronnant ces mots, adorant sentir le musc de son excitation l'entourer et voir la façon dont ses pupilles se dilataient.

— Tu veux de super bébés.

— Je veux une famille. Une femme. Un avenir. Est-ce si mal que ça ?

— Non, murmura-t-elle en le regardant.

Pendant un moment, il crut qu'elle allait l'embrasser. Ou bien devait-il l'embrasser lui ? Et tant pis pour leur public ?

Ses lèvres s'écartèrent et ses yeux rencontrèrent les siens avec une intensité sensuelle qui l'hypnotisa.

Elle se pencha en avant, le menton incliné, leurs souffles légers flottant entre eux...

Lorsque soudain, un cri rauque les interrompit.

— Voilà les Jell-O shots[1] !

Arrachée à cet état de transe intime, elle recula et baissa les yeux.

— Tu ne peux pas décider quel sera ton avenir en te basant sur la circonférence des hanches d'une femme.

— Peut-être pas, mais je peux tout à fait être admiratif et succomber face à son sens de la répartie et sa spiritualité, le charme sensuel de son corps et ce désir qu'elle suscite en moi rien qu'en pinçant légèrement ses lèvres.

Il n'aurait pas su dire d'où sortait ce poète en lui. Dmitri n'avait jamais recours au flirt romantique. Sa présence dominante était généralement suffisante. Pourtant, avec Teena il se sentait ébloui. Derrière ses airs timides se cachaient un esprit vif, un humour piquant et une force de caractère quand il était question de préserver sa fierté.

Cependant, avant d'avoir recours à la violence pour réaffirmer sa virilité, il devait souligner que, parmi toutes ces émotions, la plus forte de toutes était un désir pur et inaltérable.

Ces mots doux ne voulaient pas dire que son fantasme s'étiolait doucement. La robe de Teena suscitait des pensées bien plus charnelles. Dans son fantasme, elle aurait les mains plaquées sur un mur et y ferait face, ses fesses en l'air, comme une invitation. Il pouvait si facilement imaginer ses mains repoussant la soie de cette jupe sur des cuisses rondes et crémeuses. Porterait-elle des sous-vêtements qui cacheraient ses formes ou quelque chose de plus léger ?

Ses yeux s'écarquillèrent.

— Je rêve ou tu viens de grogner là ?

— Prends ça comme l'expression de mon admiration pour tes atouts.

— Pas touche à mes atouts, je crois qu'assez de personnes te l'ont déjà expliqué.

Elle répéta la même chose que les autres, pourtant il ne sentit aucune conviction dans ses propos. *Évidemment qu'elle ne le pense pas. Elle est à moi. Maintenant j'ai juste besoin qu'elle l'admette à son tour.*

Il tenta une approche directe.

— Ça ne sert à rien de lutter. Tu es à moi.

— Pardon ?

— Tu. Es. À. Moi, énonça-t-il de manière très distincte.

— Tu es fou, l'insulta-t-elle et pourtant elle ne pouvait pas cacher cette chaleur qui émanait soudain de son corps.

— Je suis Russe.

Même si pour beaucoup de personnes il n'y avait pas de différence.

— Tu sais que si tu tentes quoi que ce soit, tu devras faire face à ma famille.

— Tu dis ça exprès pour m'aguicher ?

— En quoi est-ce que le fait que mon père te tue et donne ton corps aux alligators est aguicheur ?

— Le danger ne me fait pas peur. Un homme avec ma situation n'en arrive pas là sans avoir mené quelques combats en chemin. La réussite a un prix.

— C'est marrant, parce que tu n'avais pas l'air de penser que cela valait le coup de sacrifier ta vie pour ta précédente fiancée sinon elle ne serait pas actuellement à l'étage en train de profiter de sa lune de miel.

— C'est parce qu'elle n'était pas toi. Toi tu es mon âme sœur.

Elle en eut le souffle coupé et ses yeux s'écarquillèrent. Il n'aurait pas pu dire pourquoi cette annonce semblait la secouer.

Troublée, elle saisit finalement le verre de vin qu'il tenait dans sa main, mais elle le laissa intact et tourna la tête vers les gens qui dansaient.

Pendant un instant, ils ne dirent rien. Alors qu'elle faisait semblant de s'intéresser aux silhouettes en mouvement, il se mit à l'observer.

Bien qu'il ne puisse s'empêcher de la considérer comme un petit chaton à côté de lui, en vérité, Teena était bien plus grande que la plupart des femmes, même pieds nus, mais il restait plus grand qu'elle quand même.

Comme ils se tenaient côte à côte, il remarqua que le haut de sa tête se trouvait juste au niveau de son nez. Une taille superbe. Une taille parfaite qui lui permettrait de simplement se baisser pour toucher ces lèvres précieuses.

Son visage étant tourné vers l'extérieur, il put admirer l'arête lisse et creusée de son nez, l'inclinaison de l'extrémité était adorable, tout comme les quelques taches de rousseur qui le recouvraient. Il ne put pas déterminer la longueur de ses boucles dorées étant donné que celles-ci étaient relevées en un chignon, mais il pouvait percevoir les reflets soyeux et imaginer leur texture en voyant les mèches épaisses qui retombaient sur son visage.

Alors qu'elle observait les danseurs, elle ne bougea pas lorsqu'il tendit la main pour jouer avec une boucle de ses cheveux.

— Je vois bien que tu as envie de danser. Pourquoi ne les rejoins-tu pas ?

Rien qu'à l'idée de la voir bouger au rythme de la musique, ondulant des hanches, bougeant son corps... il ne pouvait qu'espérer se contrôler face à ce spectacle.

Elle secoua la tête et elle prit un air désolé.

— Je ne peux pas aller là-bas. Même si j'aime bien danser, c'est mieux si je le fais en étant seule. Comme ça, moins de gens seront blessés.

— Je suis sûre que ce n'est pas si grave, la taquina-t-il en buvant une gorgée de son vin.

— C'est pire, dit-elle en grimaçant.

Elle grimaça à nouveau en prenant à son tour une gorgée.

— Oh, pitié, ne me dis pas que tu as pris ce qu'il y avait dans les bouteilles marron ?

— Celles qui n'avaient pas d'étiquettes ? C'est le bêta du clan qui les a recommandées.

— Parce qu'Hayder ne t'apprécie clairement pas. Ce sont les trucs faits maison d'Oncle Joe. Seuls ceux qui ont perdu le goût ou les masochistes le boivent.

En d'autres mots, les plus coriaces.

Dmitri prit une autre gorgée.

— J'aime plutôt ça. Il a un léger goût âcre et terreux qui me rappelle chez moi. C'est un peu audacieux et osé, mais tout à fait authentique et décomplexé.

— Tout ça pour un seul goût ?

— Un goût que tu n'as pas apprécié. Essaie à nouveau et cette fois-ci tiens-le en bouche. Laisse les saveurs exploser sur ta langue.

Tout comme il avait envie d'exploser en elle. Par tous les dieux poilus – dont sa grand-mère aimait parler et qu'elle adorait, malgré les soupirs exaspérés de sa mère – qu'est-ce qu'elle l'attirait !

— Je suis obligée ? demanda-t-elle en observant son verre de vin d'un air dubitatif.

— Oui.

— Tu n'as pas peur que je le recrache sur toi ?

— Soit tu recraches, soit tu avales, c'est toi qui choisis.

Un sous-entendu qui était volontaire et qui avait été très bien compris.

Les joues rouges, elle ne répondit pas mais regarda le verre dans sa main. Fronçant le nez, Teena renifla le vin et prit une autre gorgée. Elle le garda en bouche et pencha la tête sur le côté en suivant ses instructions avant de l'avaler en lui faisant un sourire timide.

Il n'avait jamais rien vu d'aussi bandant. Puis d'aussi drôle quand elle grimaça.

— Non. C'est toujours aussi affreux.

Un rire rauque le secoua.

— C'est peut-être mon héritage russe qui me permet d'admirer le travail qui a été réalisé pour ce vin. Puis-je te trouver quelque chose de plus doux pour ton palais ?

Il s'attendit à ce qu'elle soit sur le point de dire non, qu'elle se prépare à refuser, sauf qu'elle ne le fit pas. Tout en se redressant et en lui faisant un sourire éclatant, elle lui répondit :

— J'aimerais bien oui, s'il te plaît.

Alors il lui apporta une margarita dont le bord était recouvert de sucre. C'était à la fois la pire et la meilleure idée qu'il ait eue. Cette petite langue rose et souple se glissa plus d'une fois hors de la bouche de la jeune femme pour lécher la friandise. Une pure torture et une invitation au fantasme car il pouvait très bien s'imaginer lécher le contour de ses lèvres pour en goûter le sucre.

Comme il doutait pouvoir lui résister si elle continuait, il lui apporta ensuite une limonade fraîche. L'acidité du citron lui faisant froncer le nez de manière adorable. Il n'avait pas l'impression qu'elle était une grande buveuse, et pourtant elle le laissa lui apporter plusieurs boissons à la suite. Plus merveilleux encore, malgré les avertissements assez pointus de plusieurs personnes, notamment son propre père – qui passa une bonne partie de la soirée à leur jeter un regard noir – Teena discuta avec lui.

Au bout d'un moment, il lui fit la remarque.

— Tu n'es toujours pas partie, malgré l'attitude insistante de tes amis.

— Comment ça ? demanda-t-elle, frottant ses doigts contre la condensation qui s'accumulait le long de la bouteille qu'elle tenait entre ses doigts fins.

— Ton père ne t'a toujours pas lâchée du regard.

— Il est un peu surprotecteur.

— C'est quelque chose que j'admire chez lui. Le chef de famille doit veiller sur ceux dont il est responsable.

— C'est archaïque.

Il sourit.

— C'est la tradition.

— Encore un truc russe ?

Il répondit par un haussement d'épaules.

— C'est comme ça que je suis. C'est comme ça qu'étaient mon père et mon grand-père.

C'était aussi une valeur que lui avaient inculquée sa mère et sa grand-mère. *La famille passe toujours en premier. Tue le reste.* Sa famille n'avait pas eu un passé très tendre.

— Tu dis ça, et pourtant tu respectes tellement l'avertissement de mon père que tu ne m'as pas lâchée une seule seconde.

— Comment pourrais-je te faire la cour sinon ?

— Parce que tu me fais la cour ?

À ce moment-là, les mots n'étaient pas vraiment nécessaires, il suffit seulement d'un sourire sensuel et lent qui lui fit baisser les yeux et la fit rosir.

L'atmosphère autour d'eux changea lorsqu'une chanson plus lente se fit enfin entendre parmi ce tempo tonitruant et interrompu. Un rythme doux, sensuel, qui insistait pour être exploité.

Posant sa bouteille, il attrapa celle qu'elle tenait par le goulot et la plaça sur le côté. Il saisit sa main désormais libre et l'attira vers la piste de danse, même quand elle lui demanda :

— Qu'est-ce que tu fais ?

— J'ai l'air de faire quoi à ton avis ?

— De te diriger vers la zone de danger.

— Que tu es dramatique ! Détends-toi, petit chaton, nous allons simplement danser.

Danser habillés et à la verticale, pour le moment.

— Danser ? Avec moi ? Oh, non, crois-moi tu n'as pas envie de faire ça.

Mais le fait de la voir secouer la tête, libérant ainsi plusieurs grosses boucles blondes, ne le dissuada pas pour autant. Dmitri était animé par le désir puissant de la tenir dans ses bras, de la serrer contre lui et... de probablement déclencher une bagarre.

Jusqu'à présent, ceux qui la chaperonnaient avaient été indulgents. Mais s'il dépassait les limites, qu'il soit un invité diplomatique ou non, il ne doutait pas une seule seconde qu'ils agiraient.

Le danger ne le fit pas hésiter un seul instant.

Tout comme il ne tint pas compte de ses faibles protestations. Rejoignant le centre de la foule, qui s'écarta devant son regard insistant, il la fit tourner vers lui.

Avec une main tenant la sienne, l'autre posée sur sa taille, il entama une valse lente et simple qu'au début elle hésita à suivre.

Elle tenta de protester une dernière fois.

— Crois-moi tu n'as vraiment pas envie de faire ça.

Elle lui marcha sur le pied, mais il ne crut pas qu'elle l'avait fait exprès.

— Nous sommes en train de danser petit chaton, alors tu ferais mieux de te taire et de profiter.

— Ne dis pas que je ne t'ai pas prévenu, répondit-elle d'un ton inquiétant.

Alors que ses paroles étaient plutôt menaçantes, sa

réaction fut tout le contraire. Au bout de quatre pas de danse, son corps perdit sa tension rigide, ses membres se détendirent et ses mouvements accompagnèrent les siens. Ils calèrent leur rythme et leurs silhouettes se synchronisèrent.

Dmitri apporta un peu de punch à leurs pas de danse et à son grand plaisir, elle s'adapta, ondulant des hanches, ses pieds suivant les pas, le sourire rayonnant tandis que ses yeux brillaient de plaisir.

Il préféra ignorer le fait que leurs mouvements effrénés repoussèrent plusieurs personnes qui s'écartèrent. C'était de leur faute s'ils avaient dansé trop près de ces deux soleils, car oui, pour lui, ils étaient tous les deux brillants.

Encore une fois, ce n'était pas de l'arrogance, juste un fait.

Comme elle était ravissante ! Ses lèvres s'étiraient en un sourire joyeux. Les joues roses, un rire doux qui s'échappait de ses lèvres entrouvertes, tout traduisait son plaisir. Sa proximité l'excitait, même s'ils n'étaient pas corps contre corps pour danser. Pas besoin d'être très proches quand l'élégance de leurs mouvements et la puissance de son regard l'excitaient bien plus que ce qu'il aurait fallu.

L'électricité dansait entre eux, crépitant et semant dans l'air un suspens délicieux et oui, il n'avait pas peur de le dire, un sentiment de luxure aussi.

Cela pouvait peut-être sembler trop grossier de comparer les deux sœurs et pourtant, il ne pouvait pas s'en empêcher étant donné que le fait de toucher Teena lui faisait prendre feu alors que quand il était près de

Meena il se tenait surtout prêt à esquiver. Car celle-ci ne frappait clairement pas comme une fille.

Teena, en revanche, était très féminine. Des courbes séduisantes, un parfum envoûtant. Et pour l'idiot qui reçut le pied de Teena dans son visage quand Dmitri la pencha en arrière et qui ouvrit la bouche pour pleurnicher, le russe grogna :

— La prochaine fois, écarte-toi du chemin de madame.

Le gars s'éclipsa.

Pff, mauviette.

Il jeta un regard noir à tous ceux à proximité qui pourraient oser lui gâcher son plaisir. Dmitri dansait avec sa demoiselle et personne n'avait intérêt à l'interrompre.

La musique lente changea pour quelque chose de plus rapide. Il modifia à nouveau leurs pas de danse et pendant un instant, elle le suivit, secouant légèrement ses hanches – doux jésus ! Il aurait pu l'emporter avec lui quand, avec un sourire timide elle ajouta un soupçon de séduction.

Mais Teena ne voulait plus que sa main guide sa taille. Ni qu'il enroule ses doigts autour des siens. Elle passa ses bras autour de son cou, envahissant son espace.

Je me rends.

Durant cet instant, Dmitri était à elle. Et elle était à lui.

— La mienne.

— Qu'est-ce que tu viens de dire ?

Elle ne dansait qu'à quelques centimètres de lui et sa question discrète lui chatouilla la peau.

Oserait-il se répéter ? *Je n'ai peur de rien. Pas même de la vérité.*

— J'ai dit que tu étais à moi.

Tout en prononçant ces mots, il écarta ses hanches et se prépara à l'impact.

Mais Teena n'essaya pas de lui donner un coup de genou. Ni de le frapper. Elle ne l'insulta pas non plus comme le faisait Meena : *La seule façon pour moi de t'appartenir c'est que tu me tues et m'empailles comme une sorte de trophée !* Malgré ses hanches splendides, il avait été tenté de le faire.

Mais pas avec Teena. Avec cette femme, il s'amusait, il la trouvait gracieuse dans sa façon de parler, addictive avec son rire, et elle était une véritable déesse quand elle dansait dans ses bras. Même s'ils ne se touchaient pas vraiment, la chaleur irradiait, le brûlant.

Finirait-il par prendre feu si rien ne séparait leur peau ?

Le fait de se déshabiller n'étant pas vraiment convenable à l'heure actuelle, il se contenta de la serrer contre lui et de placer ses mains sur sa taille. Collée contre lui, elle dansa, toujours pas aussi près que ce qu'il aurait souhaité. Ses mains glissèrent vers le bas jusqu'à ce qu'elles saisissent les courbes délicieuses de ses fesses.

Il les serra. Elles tenaient parfaitement bien dans ses mains.

En étant aussi proche, elle ne pourrait pas ignorer son désir. Son érection tendue, qui pulsait, laissait fortement entendre qu'ils feraient mieux de trouver un endroit privé pour qu'il puisse se glisser en elle. Il la voulait nue, sous lui, ses yeux fermés et la tête penchée en arrière, la bouche ouverte, haletant de plaisir. Il voulait que ses cuisses crémeuses s'enroulent autour de lui et l'aident à s'enfoncer profondément dans son corps merveilleux. Il était prêt à parier que les mêmes pensées la titillaient aussi puisque son excitation musquée tourbillonnait autour de lui tel un parfum capiteux.

Elle veut. Elle est à nous.

Il inclina son menton vers lui, mais son regard ne voulait pas rencontrer le sien.

— Regarde-moi, petit chaton. Vois et sens l'effet que tu me fais.

Il la serra aussi fort qu'il le put contre lui.

Elle inspira profondément, leva les yeux vers lui et...

Un peu plus tard, il rejetterait la faute sur le fait que son sang avait quitté son cerveau et que ce dernier ne s'était pas souvenu qu'ils se trouvaient dans un lieu public, un lieu habité par ses ennemis qui n'apprécièrent pas beaucoup les libertés qu'il prit avec une certaine jeune femme sur la piste de danse. Peut-être que si sa bite avait laissé un peu d'afflux sanguin pour irriguer son esprit, il aurait également remarqué un certain papa s'avançait vers eux avec un regard meurtrier.

C'était certainement de la faute de sa bite si le coup de poing le prit en pleine mâchoire. Celui-ci ne le fit pas tomber mais il fut douloureux. Non pas qu'il frotta sa peau ni ne prononça un seul mot à voix haute. Les hommes ne pleurnichaient pas en public – ils attendaient de pouvoir le raconter à leur mère plus tard pour qu'elle puisse fulminer longuement sur le manque de respect de ces paysans et comploter pour les anéantir.

Mais là, il n'eut pas besoin de sa chère mère. Et mieux encore, il n'allait pas devoir détruire Peter et par conséquent gâcher le début de sa nouvelle vie avec Teena. Ce n'était pas de l'optimisme. C'était des faits. Elle serait à lui.

Car pourquoi s'attirer sa colère en tuant Peter alors qu'elle semblait déterminée à réprimander son père elle-même ?

— Qu'est-ce que tu fais ? demanda-t-elle en se plaçant entre eux deux.

— Écarte-toi de mon chemin, ma petite chérie. J'ai besoin que cette boule de poils étrangère te montre un peu de respect.

— Il agissait comme un parfait gentleman, contrairement à certains parents indiscrets, s'énerva-t-elle avec une force de caractère que Dmitri apprécia et qui sembla surprendre son père.

— Il était en train de te tripoter.

— Et moi j'étais en train d'apprécier ça !

Un silence soudain s'installa juste après que Teena se soit mise à crier. Mais Dmitri aurait pu l'applaudir quand, malgré ses joues rouges, elle leva le menton vers le haut et se tint face à son père.

Le grand homme eut l'air ébahi.

— Je ne faisais que veiller sur toi. C'est un bon à rien d'étranger qui ne fait que t'utiliser car il ne peut pas avoir ta sœur.

Aïe. Ça fait mal.

Dmitri n'eut pas besoin de voir Teena tressaillir pour savoir que ces mots l'avaient blessée. Teena tourna les talons et s'en alla.

Peter resta abasourdi, mais seulement un instant, avant de partir à sa poursuite.

— Ma petite chérie, ce n'est pas ce que j'ai voulu dire. Tu sais que tu es parfaite.

Alors que Dmitri les regardait s'en aller, il comprit qu'il était plus prudent de ne pas les suivre. Mieux valait laisser Teena discuter avec son père. Pendant qu'il attendait qu'ils terminent leur prise de bec, Dmitri se réjouissait qu'elle les ait défendus.

Eux. En tant que duo. Comme c'était incroyable de se dire qu'en poursuivant une première femme, il avait ensuite trouvé celle qui lui était vraiment destinée.

Maintenant, il fallait la convaincre de ce fait.

Luna revint, probablement avec un nouveau plan pour le contrarier ou avec une insulte toute prête pour lui. Ses attaques verbales le rendaient nostalgique de chez lui.

— Je te traiterai de menteur si tu le répètes à son père, mais vous étiez plutôt mignons tous les deux quand vous dansiez ensemble. Enfin, il y a eu quelques incidents, comme quand Teena a accidentellement fait trébucher le type qui venait te couper la route, mais dans l'ensemble je dirais que c'est un succès.

— Elle danse comme un ange.

Aussi légère qu'une plume et plus belle encore.

Beurk. Était-ce son tigre qui recrachait une boule de poils devant son côté poète ridicule qui n'arrêtait pas de dire des choses étranges ? Au moins, il ne le faisait que pour Teena.

— Mais elle ne danse comme ça qu'avec toi. Imagine.

Pourquoi imaginer quand il savait que c'était le destin ?

Teena était son âme sœur. Du moins, elle le serait dès qu'il parviendrait à l'éloigner de sa famille. Qu'était censé faire un tigre ?

Traquer, bien sûr.

Grrr.

———————————————

1. Mélange de gélatine et d'alcool

CHAPITRE QUATRE

Teena s'en alla, le sang bouillonnant pour tant de raisons différentes. Elle était énervée contre son père, énervée contre elle-même et un peu excitée. Foutu Dmitri !

Pendant qu'ils parlaient, elle avait réussi à oublier que ce dernier était un mauvais choix. Et quand ils s'étaient mis à danser, elle n'avait pu penser qu'à cette sensation de bien-être. Comme c'était parfait !

Était-ce le destin... ?

Comme Meena lui avait récemment expliqué ce que cela faisait d'avoir rencontré le bon, Teena se posait des questions.

L'apparence de Dmitri la frappait à la poitrine, un coup puissant qui rendait sa respiration erratique, son cœur battait à tout rompre et une chaleur des plus délicieuses l'envahissait.

Elle aimait bien Dmitri.

Elle désirait Dmitri.

Il est à nous, lui dit sa lionne.

Mais comme lui avait rappelé Papa, elle n'était que le second choix.

Ça faisait mal. Ça faisait plus mal que cela n'aurait dû, mais seulement parce que c'était vrai. Dmitri se servait d'elle comme remplaçante. Malgré toutes ses belles paroles et ses déclarations, elle restait quand même la deuxième option.

Et elle détestait ça.

Actuellement, elle aurait même pu haïr sa sœur.

Pourquoi ne nous sommes-nous pas rencontrés en premier ?

Son père lui courait après, son : « Ma petite chérie, je t'interdis de partir comme ça. » n'aidait pas sa crise colère.

Elle pivota, les yeux remplis de larmes, mais sa voix resta stable quand elle lui rétorqua :

— Je fais ce que je veux, je suis une adulte.

— Une adulte que j'essaie d'empêcher de commettre une erreur. Je sais que ce Russe a l'air sincère et tout ça, mais nous savons très bien ce qu'il veut.

— Une remplaçante, dit-elle d'un ton amer, les lèvres pincées.

— J'allais dire de bons gènes.

— Peu importe. Apparemment c'est trop difficile de croire que, même s'il est après moi parce que j'ai des hanches larges, peut-être qu'il a passé toute la soirée avec moi parce que, ah, je suis sûrement un peu rigolote.

— C'est certain.

Elle n'apprécia pas du tout son ton placide.

— Tu insinues que je suis ennuyeuse ?

— Non, bien sûr que non.

— Si, parce que je ne suis pas aussi fofolle que Meena

ou aussi franche que Luna. Ou parce que je ne pense pas que toute situation doit être résolue par la violence.

— La violence est plus efficace, grommela son père.

— Ne change pas de sujet. Le fait est que, que Dmitri se joue de moi ou non, ce n'est ni à toi, ni à Luna, ni à personne d'autre d'en décider. C'est mon choix si j'ai envie de l'écouter me complimenter ou si j'ai envie de lui parler de mon voyage en CE1.

Voyage durant lequel elle et Meena s'étaient fait exclure du zoo... à vie.

— J'étais en train de m'amuser. Ça ne voulait pas dire que j'allais m'enfuir avec lui.

Bien qu'à ce moment-là elle ait eu le même genre de pensée que Meena. *Attends une minute, Maman ne risque-t-elle pas de se faire un sang d'encre si je le fais vraiment ?*

Quant à son père, elle ne pouvait qu'imaginer la tempête destructrice qu'il aurait été.

Dommage qu'elle n'ait pas eu le courage de le faire.

En imaginant que Dmitri pensait sincèrement ce qu'il lui avait dit et qu'il la désirait vraiment. Mais, pourrait-elle se contenter d'être à la seconde place ?

Ça m'allait jusqu'à ce que quelqu'un me le fasse remarquer.

Et maintenant, tout était remis en question.

Désormais, Dmitri allait sûrement prendre ses distances vu les frasques de sa famille.

J'aurais aimé qu'ils me fassent plus confiance. Elle n'avait pas encore atteint la maturité et était encore vierge car elle était toujours tombée dans le piège de la flatterie hypocrite.

Comme elle n'était plus d'humeur à danser – vu son état elle risquait de provoquer de sérieux dégâts – elle commença à rentrer chez elle, mais elle fut arrêtée en chemin par deux cousines assez laides. Elle les repoussa plusieurs fois, mais celles-ci insistèrent pour boire un verre avec elle.

Même si elle n'était pas une grande buveuse, les Jell-O shots furent rapidement engloutis pendant qu'elle se plaignait de son père à qui voulait bien l'entendre.

Après le quatrième – ou le cinquième ? – la bouche pleine de gélatine à la cerise, elle se sentit vaciller.

Bon sang, elle avait bu bien plus que d'habitude. Il était temps de dire bonne nuit et de retrouver son lit. Elle fit un signe de la main pour dire au revoir aux filles avec qui elle avait discuté et se fraya un chemin jusqu'à la maison. Alors qu'elle chancelait et se préparait à dire coucou au sol – la tête en premier – un bras la rattrapa. La prenant par la taille, Dmitri la remit debout et la tint contre lui.

Heureusement qu'il la tenait bien droite, parce que le monde autour d'eux n'arrêtait pas de tourner. Bon sang, pour le coup, ce concept de : le-monde-entier-tourne-autour-de-moi était un peu trop pris au sérieux.

— Attention, petit chaton. Le sol est très dur, mieux vaut ne pas atterrir dessus.

— Tout comme ton torse, rétorqua-t-elle pour ensuite pouffer de rire.

— Donc tu l'as remarqué.

Comme elle était justement appuyée contre ledit torse, elle sentit qu'il le gonflait. L'alcool la rendant audacieuse, elle plaça sa main sur son cœur tout en blottissant sa tête sous son menton.

— J'ai remarqué beaucoup de choses te concernant. Mais la seule que je ne comprends pas, c'est si tu dis la vérité ou non.

Elle, en revanche, était assez ivre pour ne pas cacher sa curiosité.

— La vérité sur quoi, petit chaton ?

— Comment puis-je être sûre que tu me désires pour ce que je suis ?

— Le fait que nous soyons encore ici et non pas dans un avion pour la Russie avec un prêtre ne prouve-t-il pas que je suis prêt à te faire la cour ?

Elle cligna des yeux. Il lui fallut un moment pour digérer ses paroles.

— Tu me fais la cour ?

— Eh bien oui. C'est généralement la première étape que l'on franchit avant de convaincre une femme de nous épouser.

— Tu veux m'épouser ?

— Mais évidemment. Tu es à moi.

— Et tu peux décider de ça en une seule nuit ?

Cela lui semblait familier. N'avait-il pas demandé sa sœur en mariage après un seul rendez-vous ? Pff. C'était du déjà-vu.

— Il faut que j'y aille, renchérit-elle.

Elle se libéra de son étreinte, tourna sur un seul talon, tituba et faillit tomber.

Une fois de plus, il fut là pour la rattraper.

— J'ai l'impression que tu es un peu dépassée, petit chaton.

— Non. Je suis énervée contre moi, car j'ai cru que tu m'aimais bien. Et encore plus énervée que mon père ait raison. Je ne suis rien d'autre qu'une machine à reproduire pour toi. Bonne nuit, Dmitri. Bon vol et bon retour en Russie. Seul.

Le brouillard dans son esprit se dissipa un peu alors qu'elle s'éloignait de lui. Si l'on pouvait dire qu'une enjambée c'était s'éloigner de lui.

Sauf qu'il n'était pas prêt à la laisser partir.

Il se plaça devant elle, lui attrapa les joues et la força à lui faire face.

— Je te prouverai que tu comptes bien plus que ça, murmura-t-il juste avant de plaquer sa bouche contre la sienne.

Un grésillement électrique s'installa entre eux, le contact de ses lèvres sur elle fut comme un choc, un bon choc.

Elle oublia son envie de le repousser, elle oublia tout sauf cette sensation alors qu'il tirait et pinçait sa lèvre inférieure. Se délectant du plaisir séduisant de sa langue, elle s'accrocha à lui alors qu'il s'attardait dans le creux chaud de sa bouche.

Une étrange langueur envahit ses membres. Elle devint toute molle dans ses bras. Mais il continuait de l'embrasser, ses caresses étaient avides, ses mains qui tenaient son visage étaient chaudes.

Aucun os n'était là pour la retenir.

Littéralement.

Quelque chose d'autre que la passion lui fit fermer les yeux et le sol se déroba sous ses pieds, la lassitude dans son corps était due à son état d'ivresse et non pas à son toucher. Ou bien y avait-il autre chose encore ?

Suis-je droguée ?

Est-il responsable ?

Grand Dieu, était-elle sur le point de devenir l'épouse du tigre ?

Elle ressentit un élan d'allégresse et de peur, puis...

L'obscurité tomba, comme un rideau sur son esprit.

CHAPITRE CINQ

Dmitri avait déjà fait défaillir de nombreuses femmes dans le passé.

Par exemple, Petra, qui faisait partie du club de crib[1] de sa grand-mère, s'était étalée par terre en le découvrant dans toute sa splendeur. Et il parlait de splendeur nue bien évidemment. Pas volontairement par contre. Il était parti courir dans les bois et quand il était revenu il s'était rendu compte que les serviteurs de la maison avaient nettoyé ses vêtements éparpillés.

Apparemment, les cheveux gris et quelques rides ne voulaient pas dire que les vieilles dames ne pouvaient pas admirer un homme dans la fleur de l'âge. Mais pour celles qui étaient restées conscientes et qui s'étaient amusées à lui pincer la peau, il aurait pu s'en passer.

Dmitri avait aussi fait s'évanouir des gens avec un simple regard noir. Ceux qui étaient tout en bas du totem en termes de pouvoir n'étaient pas capables de supporter son regard majestueux et mécontent.

Mais Teena... Teena s'était évanouie à cause d'un baiser.

Et elle ronflait.

Il ne savait pas s'il devait rugir et la réveiller ou continuer à la regarder d'un air stupéfait.

Les femmes ne succombaient pas à l'ennui durant ses étreintes. Surtout pas la femme qui lui était destinée.

Il la secoua légèrement mais cela ne la réveilla pas. Ses yeux restèrent fermés et ses cils dorés et épais, légèrement recouverts de mascara, papillonnèrent contre sa joue.

Et on fait quoi maintenant ?

Il ne savait absolument pas quoi faire. Il ne pouvait pas vraiment la porter jusqu'à sa chambre à lui – avec son lit et son intimité et... Il ne pouvait même pas imaginer le lynchage qu'il subirait après ça, qui serait justifié vu le niveau de débauche qui pourrait s'y produire.

Il valait mieux oublier cette idée. Car une fois de plus, personne ne croirait qu'il n'en profiterait pas.

Une mauvaise réputation pouvait parfois être un obstacle.

Quelle option lui restait-il ? Il ne pouvait pas l'abandonner comme ça sur le sol, à la merci de quiconque, seule et sans surveillance.

Personne ne doit la toucher. Protège notre femme. Même son tigre savait que c'était une mauvaise idée.

Il soupira. Il ne restait qu'une seule chose à faire, comme le fait de la kidnapper était probablement hors de question – ces lions étaient vraiment des rabat-joie. Il s'assit. En tailleur sur le sol, il la posa sur ses genoux et la garda blottie contre lui. C'était étrangement intime, même s'il était le seul à en être conscient.

Mais cela ne passa pas inaperçu.

Luna, avec un air soupçonneux, ne tarda pas à l'affronter.

— Mais qu'est-ce que tu fous avec ma pote Teena ?

— J'essaie d'être un gentleman, ce qui, je l'admets, est très éprouvant. Je ne sais pas comment font les héros tous les jours.

Garder ses mains pour lui alors que tant de courbes lui faisaient signe demandait beaucoup de volonté.

S'agenouillant à ses côtés, Luna pencha la tête avant de dire :

— T'es vraiment un type bizarre.

— Le terme « noble boyard [2] » est plus approprié, ou tu peux m'appeler prince.

Elle ricana.

— Bientôt tu voudras qu'on ajoute charmant et qu'on essaie de convaincre Teena qu'elle est ta Blanche-Neige.

— Tu crois que mon baiser pourrait la réveiller ?

Étant de nature assez fière, il ne précisa pas que c'était justement son baiser qui l'avait endormie dès le départ.

— Je ne sais pas et je ne pense pas que tu devrais essayer.

— Tu comptes me faire la morale et me demander de partir à nouveau ? demanda-t-il sans pouvoir s'empêcher de lever les yeux au ciel.

— Non, je ne comptais pas te dire d'aller te balader plus loin. À vrai dire, je pense même que tu devrais rester un peu dans le coin.

Dmitri faillit laisser tomber Teena, tellement il était choqué.

— Rester ? Pourquoi ? Pour que tu puisses mieux planifier mon assassinat ? C'est parce que tu as besoin de temps pour trouver une corde et un arbre ?

— Oh, pas besoin de temps pour ça. Oncle Peter a déjà tout prévu. Les roses de Tata nous rapporteront un beau prix cette année s'il va jusqu'au bout de son plan. Mais non, ce n'est pas pour ça que je pense que tu devrais rester. Si tu es vraiment sérieux pour Teena...

— Je le suis, la coupa-t-il, avec la plus grande sincérité.

— Alors tu n'as qu'à lui prouver en sortant avec elle. Tu sais, en faisant les choses normalement. Prouve à sa famille qu'elle n'est pas juste une paire de hanches. Donne à Teena l'occasion de vraiment te connaître. Si tout ça est réel et que c'est le destin, alors...

— Quand je lui demanderai de m'épouser, elle acceptera et j'aurai alors ma promise.

— Si elle accepte.

— Oh, elle acceptera.

Il le savait, il n'avait aucun doute là-dessus, c'est pour cela qu'il remit son adorable petit chaton entre les mains de Luna et d'autres cousins, qui promirent de la mettre au lit. Étant persuadé qu'elle tomberait follement amoureuse de lui, sa foi le poussa à envoyer un texto à ses sbires pour annuler son plan qu'il avait élaboré durant la cérémonie et qui prévoyait de kidnapper Teena.

Il s'en alla se coucher, plutôt satisfait de lui-même. Même le garde qui se tenait devant sa porte ne pouvait gâcher sa joie.

Garde-moi autant que tu veux. Je serai là demain matin, pour faire la cour à ma promise.

Du moins, c'était ce qu'il prévoyait de faire. Le destin avait d'autres idées en tête. Apparemment, le réseau du ranch était très mauvais, car ses hommes de main ne reçurent jamais son texto.

---

1. Le Crib est un jeu de cartes inventé en 1630
2. Un boyard, ou boïar est un aristocrate des pays orthodoxes tels que la Russie

CHAPITRE SIX

Elle reprit conscience aussi rapidement que du miel froid dégoulinant d'une cuillère en bois. Doucement. Si doucement que ce fut seulement au bout de la troisième fois qu'elle réalisa que quelqu'un était en train de lui parler,

— Dis, oui je le veux.
— Hein ?

Les yeux fermés et les paupières trop lourdes pour les ouvrir, sa bouche, déshydratée et aussi sèche qu'une pêche poilue, l'esprit dans le brouillard, Teena lutta pour se réveiller de l'un des sommeils les plus lourds qu'elle n'ait jamais connu.

— Dis, oui je le veux, siffla une voix à l'accent prononcé, une voix qui lui semblait familière.

Mais ce fut l'odeur qui la fit sourire. Une odeur musquée et virile mélangée à une eau de Cologne épicée. Apparemment, son admirateur russe était toujours à ses côtés. S'était-elle endormie sur lui pendant la fête ?

C'était tellement difficile de s'en souvenir.

— Répète après moi. Oui, je le veux.

Que voulait-elle ? Forçant son cerveau à se remettre en marche, elle tenta de se remémorer les événements précédents. La dernière chose dont elle se rappelait, c'était de retourner à la maison après le mariage de sa sœur – ivre comme jamais, car elle était furieuse contre sa famille qui se mêlait de tout – quand Dmitri, ce Russe sexy, lui était rentré dedans. Il s'était assuré que le sol ne profite pas trop des parties de son corps. À la place, il avait laissé sa silhouette robuste profiter d'elles.

Il l'avait tenu dans ses bras. Lui avait dit des trucs. Des trucs sympas. Mais oublions ça et passons tout de suite à la partie excitante, quand il l'avait embrassée.

Oh, mon Dieu. Il lui avait donné un baiser magistral qui l'avait fait fondre. Elle se souvint de cette sensation de faiblesse dans ses jambes. Ses mains qui s'étaient promenées et ensuite... ?

Elle fronça les sourcils. Elle ne se souvenait de rien au-delà de ce baiser incroyable.

Rien. Rien, du tout.

S'était-elle sérieusement endormie durant l'étreinte la plus intense de sa vie ?

Était-ce pour cela que Dmitri la tenait dans ses bras, son odeur musquée l'enveloppant ?

— Réveille-toi, petit chaton. Juste un instant. J'ai besoin que tu dises : oui je le veux.

— Je le veux ?

Vouloir quoi ? Il ne demandait quand même pas la permission de l'embrasser à nouveau ? Était-il après autre chose ? Arf. Elle aurait aimé que son cerveau ne soit pas aussi léthargique.

Secouant mentalement ses pensées en toile d'araignée, elle ouvrit les yeux, juste à temps pour voir le beau visage de Dmitri se pencher vers le sien. Elle entendit également les mots :

— Je vous déclare désormais mari et femme. Vous pouvez embrasser la mariée.

Quoi !

Avant même qu'elle ne puisse comprendre ce qui venait de se passer, des lèvres se pressèrent contre les siennes avec une douce caresse qui fit fondre toutes ses questions et réveillèrent en elle un feu brûlant. Le baiser ne l'aida pas à recouvrer ses esprits. Au contraire, elle glissa vers un état de plaisir et elle n'avait plus qu'une seule idée en tête : encore.

Encore plus de baisers. Plus de chaleur. Plus de Dmitri.

Les bras enroulés autour de sa silhouette la maintenaient droite et heureusement étant donné que ses jambes avaient la consistance du caoutchouc souple. Une petite part d'elle insistait pour qu'elle proteste ou au moins fasse preuve de contrôle.

Elle ne tournait pas à plein régime. Une sorte de léthargie s'emparait toujours d'elle. Elle réalisa qu'elle aurait dû pleurer et être effrayée, et pourtant...

Elle appréciait vraiment la texture douce de ses lèvres et la chaleur de son souffle. Du moins, c'était le cas jusqu'à ce qu'elle se retrouve assise sur une chaise. Tu parles d'un réveil en douceur.

Son corps se plaignit de cette perte de chaleur soudaine et sa lionne miaula de frustration. Une frustration qu'elle ne comprenait que trop bien étant donné que l'ardeur qu'il venait de réveiller refusait de s'apaiser si facilement.

Luttant contre cette lassitude dans ses membres, elle parvint à ouvrir les yeux, même si cela ne l'aida pas plus à comprendre. Elle ne reconnut pas son environnement.

On lui remit un stylo dans les mains.

— Signe ici, murmura Dmitri avec son fort accent.

— Qu'est-ce que c'est ? murmura-t-elle à travers ses lèvres engourdies alors qu'elle luttait pour rester éveillée. Elle regarda avec difficulté la feuille blanche devant elle, mais en vain. Les mots sur le papier bougeaient.

— C'est ce que tu veux, lui répondit-il.

Vraiment ? Parce que... *Je le veux lui.*

Sans y réfléchir à deux fois, elle signa.

Puis, il signa également, utilisant le même stylo qu'elle, sa signature audacieuse se tenait à côté de la sienne sur le certificat de mariage.

Elle cligna des yeux.

Relut.

Non, les mots sur le papier n'avaient pas changé.

Elle pointa un doigt en direction du papier, n'osant pas prendre la parole. Mais si elle l'avait fait, elle aurait probablement parlé comme son père, mais avec moins d'injures. *Qu'est-ce qui s'est passé, bordel ?*

Il répondit à sa question silencieuse.

— Nous sommes mari et femme, petit chaton.

Oh, mon Dieu. Comme c'était inattendu.

Mariée. Elle était mariée. À Dmitri. *Je me suis mariée avec le tigre.*

Ah ! Un mariage forcé, une première pour la famille

et certainement pas une catastrophe que sa sœur ait jamais provoquée.

Un point pour moi ?

Non, parce que Meena, elle, avait réussi à fuir le plan de Dmitri.

Moi, en revanche, je suis tombée comme un domino. Pire, je ne l'ai pas vu venir. Je pensais vraiment qu'il m'aimait.

Elle pensait qu'il avait été sincère quand il lui avait dit qu'il lui ferait la cour et lui prouverait ses intentions.

Quel connard de l'enlever comme ça et de l'épouser en cachette ! De faire d'elle sa femme.

Sa femme ?

Une lionne pouvait-elle rire ? Sa féline semblait un peu trop heureuse.

Son âme sœur. Le grondement mental vibra dans son corps comme un ronronnement fantomatique, un ronronnement qui réveilla tous ses sens.

Est-ce que tu comptes t'affirmer et faire valoir tes droits ?

— Tu ne peux pas me forcer à t'épouser. Dites-lui, dit-elle à l'homme vêtu d'un costume et d'un col clérical en noir et blanc, une sorte de type religieux.

Il n'allait quand même pas cautionner cette farce.

— Dites-lui que ça ne compte pas parce que je ne suis pas d'accord, continua-t-elle.

— Tu as dit : oui, je le veux, lui rappela Dmitri.

— Parce que tu m'as demandé de le faire alors que je n'étais même pas réveillée. Ça ne compte pas. Et pourquoi est-ce que ce prêtre m'ignore ?

— Petit chaton, si tu te calmes, nous pourrons...

— Je ne me calmerai pas !

Elle fit un mouvement vers l'avant, se levant de la chaise, ne réalisant que trop tard à quel point celle-ci était fragile.

La chaise en plastique avec ses pieds en métal, une relique des années soixante-dix, se brisa. Sa main, dont elle s'était servie pour se relever, glissa et le plastique se rompit, puis elle perdit l'équilibre. Trébuchant sur le côté, elle tendit la main, mais ses réflexes étaient toujours un peu engourdis et elle rata son coup, cognant le sol avec son épaule puis ricocha avec sa tête. Putain de sol en marbre industriel.

Elle resta étendue là, en biais, stupéfaite et exposant également un peu trop ses jambes. À travers ses yeux plissés, elle remarqua que sa jupe était remontée jusqu'en haut de sa hanche.

Dmitri le remarqua également. L'intérêt brûla dans son regard, un regard détourné par l'homme au collet qui se racla la gorge.

Comment osait-il détourner l'attention de Dmitri ?

Grrrr.

Qui avait grogné ?

— Allons, allons petit chaton, laisse-moi le temps de m'occuper de cet homme, manifestement très courageux, qui a l'audace de s'opposer à ta rage féroce.

— Je ne suis pas féroce.

C'était sa sœur qui était féroce, pas elle.

— Je crois que tu es plus forte que tu ne le penses.

Il a raison.

Bondis sur lui et fais-lui quelques léchouilles. Son chaton intérieur ne pouvait pas s'empêcher de fourrer son gros museau dans ses affaires. Mais elle n'était pas la seule à apprécier le compliment.

Le contrat de mariage fut retiré et scellé dans une enveloppe marron, avec succès.

— Assurez-vous de la déposer aujourd'hui, ordonna Dmitri en tendant une liasse de billets verts au prêtre. Je crois qu'il y en a assez pour que je compte sur votre discrétion ?

— C'est toujours un plaisir de faire affaire avec votre famille, répondit l'homme.

— Faire affaire ? C'est illégal ! cria Teena, assez agacée par leur attitude blasée.

— Ah les femmes. Vous ne pouvez pas vivre avec elles, grogna l'homme au collet. Et vous ne pouvez pas les tuer sans finir en prison. Et les gens se demandent pourquoi j'ai choisi de rejoindre l'église.

— Un homme a besoin d'avoir des héritiers, des héritiers légaux s'il veut laisser un héritage.

Dmitri reconduisit l'homme vers une porte en métal et le fit sortir.

C'est là qu'elle remarqua que celle-ci était la seule porte de la pièce, enfin si l'on pouvait vraiment parler de *pièce*.

Le fait de se relever lui donna une perspective complète, même s'il n'y avait pas grand-chose à voir.

Les murs gris prouvaient bien que l'espace n'était qu'utilitaire, tout comme la table blanche usée, les taches orange, les cercles noirs et les rayures qui abîmaient la surface vierge. Autour de la table étaient éparpillées plusieurs chaises étranges. Comme s'ils avaient été vomis par les années soixante-dix, des sièges en plastique orange, mélangés à d'autres chaises bleues et vert citron étaient disposés un peu partout au hasard.

Celui qu'elle avait cassé en deux morceaux se trouvait étendu sur le sol. Ce qui lui rappela que même en étant assise, les ennuis ne la laissaient jamais tranquille.

Même si une partie d'elle voulait s'allonger pour faire une sieste – elle bâilla – elle savait que ce n'était pas une bonne idée. Même son esprit engourdi reconnaissait quelques faits importants.

Premièrement, ce n'était pas l'alcool qui l'avait endormie. Elle avait été droguée !

Deuxièmement, elle était mariée, putain.

Et troisièmement, bon sang, c'était de la bonne drogue parce que, même si elle aurait dû être furieuse contre Dmitri, elle avait surtout envie de l'embrasser.

Rapproche-toi. Touche-le. Frotte-toi contre lui. Marque-le de notre odeur.

Ces pensées ronronnées étaient tellement sournoises qu'elle finit par faire un pas vers lui. Juste un, puis elle se figea en se rappelant que l'embrasser n'était pas une bonne idée.

Les gentilles filles se comportaient bien. Les mauvais garçons, non.

Et les tigres mâles et alpha se délectaient toujours de réaliser l'impossible.

Dmitri s'avança, et rapidement, car elle se retrouva soudain pressée contre lui.

— Sois en colère, petit chaton. Je t'encourage à fulminer et à taper du pied.

Confuse, elle l'observa.

— Tu veux que je te fasse vivre un enfer ? Tu reconnais que tu avais tort ?

— Non. Je t'avais dit que tu serais à moi, et j'ai tenu ma promesse. Mais ta colère est en train de se réveiller. Tu sais que tes yeux brillent de façon très provocante ? Et ton odeur...

Il inspira profondément et ferma les yeux. Lorsqu'il les rouvrit, ceux-ci semblèrent étinceler avec une avidité brûlante.

Elle déglutit.

— Ce n'est pas une blague.

— Je ne plaisantais pas.

— Pourtant tu sembles tellement blasé par tout ça. Tu m'as kidnappée et m'as ensuite épousée alors que j'étais encore en train de baver dans mon sommeil.

— Tu ronfles, tu ne baves pas.

— Merci de me le faire savoir ! s'énerva-t-elle, contrariée qu'il ait souligné un défaut évident.

— C'est mignon. Moi, en revanche, je ne ronfle pas.

— Je n'ai pas besoin de cette information puisque nous ne dormirons pas ensemble.

Sa répartie le fit rire.

— Tu as raison. Nous n'aurons pas beaucoup l'occasion de dormir.

Elle n'eut pas besoin de son clin d'œil pour comprendre son sous-entendu. Étant désormais son épouse, elle pouvait passer à l'étape suivante. Ses mains agrippèrent sa taille, la gardant plaquée contre son corps dur, un coussin de torture pour ses sens plus qu'éveillés.

— Je ferai un bon mari.

Surprise par son annonce, elle croisa son regard et

arrêta de respirer. Ces yeux bleus et intenses ne cessaient jamais de la captiver. Ces lèvres étaient tentantes, notamment depuis qu'elle connaissait leur goût, leur caresse et oh, n'oublions pas le plaisir qu'elles procuraient.

Un grondement fit frissonner Dmitri. Qu'est-ce qui le perturbait ?

Apparemment, c'était elle.

— Tu ne peux pas me regarder comme ça, petit chaton. Cela donne envie à un homme de risquer sa vie et d'explorer cette tentation que tu offres à travers tes yeux.

— En quoi est-ce risqué ? Un baiser ne peut pas tuer.

Bien que l'absence d'un tel baiser puisse l'amener à s'auto-enflammer.

— Risqué, car nous n'avons pas le temps. Nous devons partir avant que ceux qui nous cherchent ne nous rattrapent.

— Qui est après nous ? demanda-t-elle.

Dmitri avait-il des ennemis ? En tant que mafieux dans son pays, il devait sûrement être servi.

— Ta famille est à notre recherche. Qui d'autre ? Ton père a des yeux et des oreilles partout. C'est impressionnant. Il faudra que je l'interroge, hum, je veux dire que je demande un peu plus à mon nouveau beau-père comment il fait. Pour le moment, je crois qu'il ne vaut mieux pas que l'on marche sur la queue de ce lion.

— Tu as peur de mon papa ?

Et oui, elle afficha un rictus en rétorquant de manière insolente.

— Non, je n'ai juste pas envie de débuter mon

mariage avec le meurtre de ton père. Je pense que cela risquerait de causer un petit problème.

— Un petit problème ?

Il rigola.

— Tu as raison mon petit chaton. Même si je tuais ton père tu m'aimerais toujours aussi follement. Mais pas besoin de tester cette théorie. Nous partirons avec mon jet dès que celui-ci aura fait le plein.

— Nous sommes dans un aéroport ?

Elle regarda autour d'elle, cherchant un indice pour savoir dans quel aéroport ils se trouvaient. Toute évasion était bonne à prendre. Elle ne pouvait pas rester mariée à ce cinglé – même s'il avait des yeux bleus séduisants et un charme ténébreux.

— Nous, dans un aéroport ? Non, dit-il en appuyant bien sur le dernier mot, tentant de paraître innocent.

Cela ne fonctionna pas du tout, étant donné qu'il était en partie diabolique. Ne pas y parvenir ne voulait pas dire que le résultat n'était pas ridiculement distrayant.

Elle se dégagea de son étreinte et il la laissa faire. Elle lui tourna le dos. *Ne le laisse pas t'aspirer dans son monde imaginaire où ce genre de chose est normal.* Mais n'avait-il pas dit que ses actes étaient inspirés de romans d'amour ? Argh. Il fallait qu'elle arrête de trouver ses façons de faire sexy. L'évasion devait rester son objectif.

— Nous sommes dans un aéroport. Ce qui veut dire que si je crie à l'aide, quelqu'un viendra.

Super, comme ça tu lui dévoiles tout ton plan. Avait-elle envie d'échouer ? Inconsciemment, ne voulait-elle pas rester avec Dmitri et voir ce qui se passerait ensuite ?

Pff, à ton avis. Apparemment, sa féline intérieure avait son avis sur la question.

— Je ne te conseillerais pas d'attirer l'attention sur toi.

— Sinon tu comptes faire quoi ? le défia-t-elle, un élan de courage l'enhardissant soudain.

— Venir t'embrasser pour te souhaiter bonne nuit.

Et il le fit. La faisant pivoter pour qu'elle lui fasse face, il l'embrassa avec une avidité à couper le souffle, avec une bouche à la fois dure et douce, exigeante et cajoleuse.

À ce moment-là, elle lui *appartenait*. Là, tout de suite, elle l'aurait suivi partout, mais quand elle sentit la piqûre d'une aiguille dans ses fesses, elle grogna :

— Non, pas encore !

La nuit la plongea dans un sommeil instantané.

CHAPITRE SEPT

Comment ai-je pu m'attirer autant d'ennuis ? Et si rapidement ?

Dmitri passa une main dans ses cheveux, le seul signe extérieur visible qu'il s'autorisa pour montrer que les choses étaient passées d'intéressantes à : « c'est quoi ce bordel » en l'espace de deux jours.

Prenons l'instant présent par exemple. Il était un homme marié – et oui, ce mariage était valide, notamment lorsqu'il aurait couché avec sa femme. Marié, et pourtant, en ce qui concernait son accueil dans la famille de Teena, celui-ci consistait actuellement à fuir un beau-père psychotique. Peter n'était pas le seul qu'il avait besoin d'éviter. Ajoutez à cela le fait d'esquiver les nombreuses paires d'yeux et d'oreilles appartenant aux clans des lions. Même si le clan d'Arik résidait à l'autre bout du pays, il ne doutait pas une seconde qu'Arik ait une sorte de réseau d'espions ou des traités amicaux avec les locaux afin de surveiller un diplomate russe. Surveiller, certes, mais détenir, non.

Techniquement, ils ne pouvaient pas l'arrêter, pas sans la permission du haut conseil – à qui il graissait bien la patte – mais les lions locaux pouvaient retarder son départ et fouiller son avion afin d'y trouver une certaine femelle.

Qu'ils ne trouveraient pas. Il s'en était assuré.

Comme si cela ne suffisait pas, Dmitri restait à l'affut d'assassins qui pourraient travailler pour Peter. Ils pouvaient être tapis n'importe où. Il l'espérait en tout cas. Il aimait bien faire un peu de sport de temps en temps.

Il s'amusait aussi de recevoir des appels téléphoniques de personnes cherchant Teena.

— Est-ce que tu l'as ? avait demandé Arik sans même prendre la peine de dire bonjour.

— Je ne l'ai pas kidnappée, avait pu répondre Dmitri tout en étant honnête.

Car il ne l'avait pas kidnappée, c'était ses hommes de main qui l'avaient fait, malgré son dernier ordre.

Luna l'avait aussi contacté et l'avait averti.

— Je t'interdis de partir et de prendre un avion pour la Russie, là où je ne pourrais pas te trouver.

Dès que l'avion a fait le plein d'essence, on s'en va d'ici.

— Tu n'as pas intérêt à l'épouser ni à la séduire.

Je n'ai jamais aimé recevoir des ordres. Mais les donner... S'il ordonnait à sa nouvelle femme de l'embrasser, obéirait-elle ou bien mordrait-elle ?

Il frissonna. Les deux options lui convenaient.

Alors, oui, il fit l'opposé de tout ce qu'ils lui avaient dit et il ne le regretta pas une seule fois. Il n'arrivait toujours pas à croire que ses hommes de main aient réussi à commettre le kidnapping.

Quand il avait reçu l'appel téléphonique le lendemain matin, après le mariage de Meena, et qu'ils lui avaient annoncé qu'ils avaient enlevé Teena et qu'ils roulaient vers le Kentucky, où ils l'attendraient sur la piste d'atterrissage qui appartenait à un ami de la famille, Dmitri avait peut-être lâché un couinement.

— Vous étiez censé annuler, avait-il sifflé dans le combiné, une main par-dessus l'appareil de peur qu'on ne l'entende.

Il s'était rendu dans la petite salle de bains attenante à la chambre et avait fermé la porte avant d'actionner l'eau du robinet. Il s'était ensuite un peu détendu.

— C'est quoi ce bordel ?

— Disons que nous n'avons pas vraiment reçu votre texto, patron, avait annoncé Viktor, avec un russe bruyant et plein d'entrain. Alors nous sommes allés au bout du plan. Nous avons pris la fille et sommes désormais en route vers le point de rendez-vous.

Ce qui signifiait que, lorsque le clan enverrait inévitablement quelqu'un fouiller son avion stationnant dans le hangar d'une ville voisine, ils ne trouveraient rien et n'auraient aucune raison de le retenir.

Un plan brillant, conçu et imaginé par lui, évidemment, et pourtant, il le détestait, car il ajoutait plusieurs complications, comme le fait de ne pas pouvoir faire la cour à Teena.

Mais peut-être qu'elle y verrait un certain romantisme. Droguée et kidnappée, entraînée dans une folle aventure romantique. *Avec moi.*

Comment pourrait-elle vouloir davantage ?

En sachant ce qu'il avait fait, mieux valait faire comme s'il n'était pas au courant. La matinée s'avéra tendue, la salle du petit-déjeuner était assez calme après que les invités aient fait la grasse matinée suite aux festivités de la veille.

Cependant, Peter, lui, était là et dès que son regard se posa sur Dmitri, il fronça les sourcils.

Du divertissement au petit-déjeuner. Comme c'était gentil de la part de ses hôtes. Après avoir pris une assiette du buffet qui se tenait en face de deux tables, Dmitri s'assit devant Peter.

Dmitri attendit que l'homme prenne une gorgée de café – noir bien sûr et il était prêt à parier qu'il était sans sucre – avant de dire :

— Bonjour. Je suis surpris que vous ayez réussi à dormir, vu ce qu'a fait votre fille cette nuit.

Il recracha son café et Peter plongea par-dessus la table, cherchant à saisir Dmitri par la gorge. Sauf que Dmitri n'avait pas terminé.

— Calmez-vous. Quelle réaction de paysan alors que ce n'est que la vérité. Qu'est-ce que Meena et son mari galeux auraient bien pu faire d'autre ?

— Tu n'as pas posé la main sur Teena ?

Peter balança ses jambes hors de la table, éparpillant les assiettes pour qu'il puisse descendre et se tenir debout.

Dmitri se mit à sourire.

— La main ? Comme si une suffisait. Je me suis servi des deux. Et de mes lèvres. Elle embrasse plutôt bien. Je devrais...

Comme prévu, les choses devinrent plus brutales à ce moment-là, mais Dmitri s'assura de ne pas trop abîmer le père de Teena – pas trop. Quant à ses côtes meurtries et son œil droit gonflé, c'était surtout pour faire bonne figure, pour que le vieil homme ne se sente pas offensé. Mais il ne pouvait pas cacher la vérité à son lui intérieur.

Battu par un ancien. Son tigre s'effondra par terre et leva ses pattes en l'air.

C'est faux. Il a juste eu de la chance.

Et de la chance il en avait eu quand il s'était fait virer de la propriété avant que quiconque ne pense à vérifier que tout allait bien pour Teena, et même s'ils l'avaient fait, un faux message de la part de Teena aurait été trouvé, mais Dmitri ne savait pas combien de temps tiendrait cette mascarade.

Il valait mieux partir tant qu'il le pouvait, et là encore, il n'était pas arrivé à l'aéroport avant que la disparition de Teena ne soit connue de tous. C'est pourquoi son avion fut fouillé avant même qu'il n'arrive.

Qu'ils fouillent. Ils ne trouveraient rien.

Mais ils eurent bien évidemment des soupçons quand son avion disparut pour atterrir et repartir de plus belle. S'il avait pu se rendre directement en Russie, il l'aurait fait. Mais même lui savait qu'ils devraient atterrir sur la côte ouest pour faire le plein afin de s'assurer qu'ils puissent faire le voyage.

Certains diraient que, s'il savait qu'il était poursuivi et s'il ne voulait pas qu'on lui fasse la peau, tout ce qu'il avait à faire, c'était de livrer Teena. De la laisser derrière et de rentrer chez lui.

Mais à ça, l'homme et non pas la bête, grogna :

— Certainement pas.

Mais s'enfuir avec elle n'était qu'une étape pour assurer leur avenir. Une fois qu'il aurait rejoint son pays, il n'aurait que peu de temps pour la convaincre de le garder avant que le conseil ne s'en mêle. Ils avaient tendance à désapprouver que les métamorphes, même ceux qui étaient presque de sang royal, enlèvent les femmes.

Apparemment, c'était *carrément* dix-huitième siècle.

Même si c'était archaïque, cela ne voulait pas dire que ce n'était pas efficace. En épousant Teena, il résolvait de nombreux problèmes. Premièrement, il pourrait dire au conseil qu'elle était sa femme et ils auraient bien plus de mal à lui ordonner de la rendre. Deuxièmement, leur mariage donnait à Teena une raison légitime de rester – *même si le simple fait d'être avec moi devrait suffire.* Et troisièmement, aux yeux de la loi et tous ceux qui regardaient, *cela fait d'elle la mienne.*

La mienne. Pas touche sinon tu meurs. Comme c'était mignon que son tigre vive selon la devise non-officielle de sa grand-mère.

Il se demanda combien de personnes admireraient cette évasion parfaitement exécutée. Teena ne semblait pas encore l'apprécier. Elle avait menacé de hurler et d'attirer l'attention, alors...

Il lui avait enfoncé une aiguille dans les fesses et lui avait promis de « lui faire un bisou magique plus tard ».

Réponse de son épouse :

— Plus tard, tu seras surtout mort, oui.

Ce n'était pas ce qu'il y avait de plus prometteur, mais au moins elle avait employé le futur.

CHAPITRE HUIT

Le réveil fut lent. Encore une fois.
Sa langue paraissait épaisse dans sa bouche sèche et ses paupières lourdes refusaient de s'ouvrir.

— Bleurg.

Elle annonça son mécontentement dans une langue morte avec le temps et qui remontait à l'époque où les hommes de cavernes régnaient. Ce mot à une syllabe avait plusieurs significations : qu'elle était réveillée, qu'elle avait soif et était trop paresseuse pour faire quoi que ce soit à ce sujet.

Heureusement, quelqu'un comprenait la langue des hommes des cavernes.

Une paire de mains la souleva en position verticale puis la mit ensuite en position assise. Elle appuya sa tête contre une épaule large. Une odeur familière l'entoura soudain.

L'odeur de Dmitri. Mon mari.

Bizarrement, plus elle le disait ou le pensait, moins cela lui paraissait étrange.

— Bois ça.

Un verre froid, dont le côté était tout humide, fut pressé dans sa main.

Elle porta le verre à ses lèvres avec avidité. Elle se loupa. Le bord heurta sa joue, mais bonne nouvelle, il ne s'inclina que très légèrement, et la petite éclaboussure sur son visage lui permit de se réveiller un peu. Elle ouvrit un œil, réajusta l'angle du verre et essaya à nouveau.

Opération réussie !

De l'eau fraîche et propre irrigua sa bouche. Elle la but, chaque gorgée la réveillant un peu plus. Lorsqu'elle le vida presque à sec, quelqu'un lui enleva le verre des mains.

— Tu en veux un peu plus ?

— Est-ce que tu as mis quelque chose dedans ? demanda-t-elle assez sèchement.

— C'est un peu tard pour demander ça. Mais c'était simplement de l'eau. Rien de plus, répondit-il avec humour.

Se sentant de plus en plus vive et alerte, elle parvint à garder les deux yeux ouverts et regarda autour d'elle. Rien ne lui semblait familier.

— Où sommes-nous ?

— Est-ce si important que ça ?

Bien sûr que ça l'était. Il fallait qu'elle s'échappe. Qu'elle s'enfuie loin de ce psychopathe qui l'avait droguée et avait fait d'elle son épouse.

Pourquoi devons-nous partir ?

Sa lionne souhaitait comprendre pourquoi elle avait désespérément envie de fuir.

Parce que. C'était la chose la plus intelligente à faire.

Mais pourquoi ? Sa féline intérieure ne comprenait vraiment pas le problème car, techniquement, Dmitri n'avait rien fait pour blesser Teena. Au contraire, il lui avait montré un intérêt ardent, assez pour s'inspirer des romans d'amour qu'il avait lus, la kidnapper et l'épouser.

Ce qui voulait dire qu'il s'attendait désormais à coucher avec elle.

Le frémissement dans son ventre n'avait rien à voir avec la peur.

Avait-il senti ce sentiment d'anticipation qui faisait durcir ses tétons ? Était-ce pour ça qu'il se raidissait à côté d'elle ? Elle s'écarta de son étreinte et se mit debout, elle avait besoin de mettre un peu de distance entre eux. Le fait d'être aussi proche de Dmitri lui embrouillait l'esprit.

Elle vacilla, mais donna un coup sur ses mains lorsqu'il tendit celles-ci vers elle.

Ne le laisse pas me toucher. Il lui était plus difficile de réfléchir quand il était près d'elle.

Afin de se distraire, Teena analysa son environnement, un environnement très riche.

L'adjectif somptueux ne suffisait pas à décrire la pièce. Imaginez un espace aussi grand qu'une caverne avec un plafond haut, très haut, des moulures couronnées épaisses et décoratives, allant très bien avec le reste de la pièce. Les murs, recouverts de papier peint gris et argenté, contrastaient avec les lambris de couleur crème qui encadraient la partie inférieure. Les sols, en bois foncé, brillaient, leur étendue n'étant interrompue que par les meubles qui ornaient l'espace. Une moquette pelucheuse et aux motifs complexes délimitait la pièce.

Un mur de fenêtres donnait sur la ville, une ville qu'elle n'avait jamais vue auparavant.

Une ville dont les toits étaient recouverts de neige.

Je crois que je ne suis plus chez moi.

Cette constatation aurait dû la choquer, et c'est ce qui se produisit, mais elle éprouva surtout une certaine excitation. Pour la première fois, Teena vivait une véritable aventure dont elle était l'héroïne, et non pas l'instigatrice maladroite.

Les jambes encore flageolantes, mais ne voulant pas s'asseoir à côté de Dmitri sur le canapé, Teena s'assit sur une chaise moelleuse dans la salle à manger, le dossier et l'assise étaient recouverts d'un tissu en velours gris requin, la table devant elle était faite d'acajou brillant incrusté de bandes plus claires, probablement un autre bois plus exotique.

Ses doigts tracèrent les motifs alors qu'elle essayait de reprendre ses esprits.

— Souhaites-tu un rafraîchissement plus fort ?

Les mots accentués de Dmitri ne cessaient jamais de la faire chavirer, et pourtant, elle parvint à garder ses esprits et à lui répondre :

— La dernière fois que j'ai bu avec toi, j'ai fini droguée et on m'a ensuite amenée dans un endroit étrange pour me marier de force.

— D'ici quelques années, tu chériras mon acte romantique.

— Chérir ? rétorqua-t-elle sans pouvoir s'empêcher de ricaner. Une fois que mon père apprendra tout ça, tu seras surtout chanceux si tu gardes la vie sauve.

Pauvre Papa. Il avait fait de son mieux pour respecter les lois, et pourtant, les preuves médico-légales avaient joué contre lui. Il avait cependant eu de la chance car certains faits essentiels avaient tendance à être omis dans les rapports finaux, c'est pourquoi il n'avait pas été autant condamné que prévu. Mais quand même, ces quelques années qu'il avait passé en prison durant la petite enfance de Teena avaient été dures pour sa mère. Notamment lorsque Teena et Meena avaient fini par comprendre comment s'échapper de leur garderie.

— Tu réalises que la mention d'une éventuelle poursuite et d'un échange assez sportif est pour moi considérée comme quelque chose de positif ?

— C'est bien ma chance, me voilà coincée avec un type qui pourrait être lié, de loin, à ma famille folle et violente.

— N'aie crainte, petit chaton. Nous n'avons aucun ancêtre en commun. Ma grand-mère a vérifié.

— Quand a-t-elle eu le temps de faire ça ? Nous venons à peine de nous rencontrer.

Comme il ne voulait pas croiser son regard, elle n'eut aucun mal à deviner.

— Ce n'est pas pour moi que tu as vérifié évidemment, mais pour ma sœur. Celle que tu étais censé épouser, conclut-elle d'un ton monotone.

Malgré leur dévotion absolue, l'une envers l'autre, Teena et Meena avaient connu une certaine rivalité en grandissant. Quand Meena avait obtenu un A en math, Teena avait eu un vingt sur vingt en science. Alors Meena avait intégré l'équipe de hockey des garçons. Et elle jouait très bien, jusqu'à ce qu'elle ait des seins et déclare qu'ils gênaient sa cross.

En ce qui concernait les garçons, leurs goûts variaient, tout comme leurs attentes. Meena voulait juste passer du bon temps avec quelqu'un qui pouvait supporter ses deux pieds gauches, ses accès de violence et tout le reste.

Quant à Teena... *Je veux juste que quelqu'un me désire.* Elle. Comme elle était. Pas en tant que second choix.

Même s'il affirmait avoir agi de manière romantique, Dmitri ne l'avait pas kidnappée ni épousée par amour mais parce qu'il n'avait pas pu épouser sa sœur en premier. Teena avait trop de fierté pour accepter d'être une remplaçante.

Dmitri inclina le menton de Teena du bout des doigts, afin que son regard rencontre le sien.

— Pourquoi as-tu l'air si triste ? Tu n'es quand même pas toujours énervée par ma petite erreur ?

— Petite ? La seule raison pour laquelle tu n'es pas marié à ma sœur, c'est parce qu'elle s'est enfuie.

— Enfuie ? Ou bien a-t-elle été libérée par le destin car celui-ci voulait m'aider à réparer un tort ?

Elle émit un bruit moqueur.

— Si mon père était là, il dirait que tu dis tellement du caca que tes lèvres sont marron.

— Ton père emploie le mot : « caca » ?

— Évidemment qu'il le fait, l'autre mot est vulgaire, t'es pas au courant putain ? dit-elle d'une voix grave, imitant au mieux celle de son père.

Dmitri cogna la table en éclatant de rire.

— Petit chaton, tu es vraiment pleine de surprises.

— Je le suis, et certaines risquent de ne pas te plaire.

La plupart des gens avaient tendance à se moquer d'elle une fois qu'ils découvraient sa plus grande faiblesse. Seul Papa ne la taquinait jamais.

Mais Dmitri n'était pas son père. Pas le moins du monde. Il lui faisait penser à plein de choses et aucune d'elles n'était décente – mais clairement excitante.

— Nous avons tous nos petites particularités, dit-il.

Particularités ? Comme sa capacité à causer des ennuis simplement en entrant dans une pièce ?

Ce jour-là, personne n'était parvenu à trouver une explication plausible pour l'inondation de la piste de danse, heureusement, sinon Papa aurait dû braquer une banque afin de trouver l'argent nécessaire pour réparer tout ça. Ce n'était pas comme si elle l'avait fait exprès. Elle s'était simplement cogné la tête contre ce fameux tuyau en se penchant pour faire ses lacets. Même pas fort en plus. Ensuite, une fissure était apparue et l'humidité avait commencé à perler. Rien de grave, n'est-ce pas ?

Quand la vague d'eau avait roulé par la porte, répandant lentement ce liquide déterminé à tout conquérir, elle avait sagement hurlé comme tout le monde dans son cours de danse et avait bougé ses fesses recouvertes d'un tutu pour sortir de là.

Cependant, Dmitri n'était pas au courant de ces incidents ni du fait qu'aucune compagnie d'assurance ne couvrirait plus sa famille proche. Ni que Papa connaissait pas mal de durs à cuire. Même si ce dernier qualifiait ses rapports avec ces sales types de « délégations » devant sa sœur et sa mère, Teena l'avait déjà entendu dire à ses amis que son personnel lui évitait d'aller en prison, ce qui, en retour, lui permettait de passer plus de temps avec sa famille.

Papa les faisait toujours passer en premier.

— Je ne comprends pas pourquoi tu as fait tout ça. Tu as un problème mental ou quoi ? lui demanda Teena.

Non pas qu'elle lui en veuille. Dans sa famille aussi il y avait des gens *spéciaux*.

— Enfin je veux dire, sérieusement, tu n'aurais pas pu choisir pire moment pour me kidnapper, enchaîna-t-elle.

Surtout si l'on prenait en compte le fait qu'il était complètement en sous-effectif s'il se faisait attraper. Mais bon, il n'aurait fallu qu'un seul père indigné pour mettre fin à ses plans de mariage.

— As-tu déjà oublié que je me délectais de tout ce danger ?

N'importe quel autre homme aurait sûrement pris un air arrogant en affirmant ceci tout en levant les yeux au ciel. Mais pas Dmitri. Il fit un clin d'œil qui le fit paraître encore plus effronté. Dangereux. Probablement violent. Toutes ces choses qu'elle essayait de fuir... mais qui finissaient toujours pas la retrouver.

— Très bien. Tu as aimé ce danger quand tu m'as volé au nez et à la barbe de ma famille. Mais la drogue ? Sérieusement ?

Rien que l'idée d'être inapte lui faisait peur. Durant cet état de vulnérabilité, il aurait pu se passer n'importe quoi.

Comme que quelqu'un lui enlève sa robe de mariage pour la changer. Elle baissa les yeux sur le jogging et le sweatshirt qu'elle portait, ses pieds chaussés d'une paire de chaussettes et de baskets blanches. Tout lui allait parfaitement bien et n'avait rien de séduisant.

— Qui m'a habillée ?

Dmitri lui avait-il arraché sa robe, ses mains manipulant son corps alors qu'il enlevait le tissu ? Plus important encore, avait-il aimé ce qu'il avait vu ?

Elle ne put s'empêcher de frissonner en se demandant s'il avait touché, même par inadvertance, le gonflement de ses seins en l'habillant d'un survêtement. *Comme c'est sexy. Des vêtements de sport en coton pour le jour de mon mariage.* Comme sa mère pleurerait si elle l'apprenait. Mais bon, d'un autre côté, Teena était désormais mariée. Enfin, peut-être.

— Je ne crois pas qu'un mariage soit très officiel si l'un de nous est drogué.

— Seulement si quelqu'un s'en plaint. Mais personne n'oserait.

Elle agita sa main dans l'air.

— Réfléchis bien, mon grand. Je pourrais. Après tout, c'est moi qui ai été droguée.

Bizarrement, il refusait de prendre un air coupable, et de toute façon, il en était loin avec ce rictus de chat qui vient de manger un canari, et là, en l'occurrence, le canari s'appelait Teena.

— Tu ne me dénonceras pas.

— Je devrais, rien que pour effacer ce sourire de ton visage, grogna-t-elle. Ce n'était vraiment pas cool du tout.

— Les drogues étaient un choix regrettable. J'avais espoir de te courtiser jusqu'à ce que tu acceptes ma demande. Malheureusement, le temps était compté. C'est pourquoi tu as perdu connaissance, pour que mes hommes puissent te sortir du ranch.

— Pourquoi ne pas avoir attendu que je m'en aille pour ensuite me capturer ?

— Attendre ? Je n'attends pas moi, surtout que ce retard aurait pu permettre à un autre de te voler.

Elle ne put s'empêcher de ricaner.

— C'est vrai que je suis très désirée.

— Cette perfection que tu possèdes est un trésor que beaucoup pourraient convoiter.

Ces belles paroles l'affectèrent plus que ce qu'elle n'aurait voulu, mais elles lui rappelèrent aussi qu'elles avaient probablement étaient dites à sa sœur en premier.

Et pourtant, ce n'est pas ma sœur qui est désormais son épouse. C'est moi qui le suis. Il est mon mari. Le mien.

Était-ce vraiment si important que ça qu'il ne l'ait pas choisie en premier ? Il s'était quand même donné du mal pour la revendiquer, du moins en termes juridiques humains. Pour ce qui était de la revendication plus primaire, il n'avait pas encore laissé sa marque.

Mais ils venaient tout juste de se marier, ce soir serait donc leur nuit de noces.

Ce soir, ils iraient au lit ensemble.

Ensemble, ce qui voulait dire coucher.

Avec lui.

Gloups.

Comme c'était terrifiant et excitant à la fois. Si seulement elle savait quoi faire. Comment devait-on agir face à son nouveau mari ? Elle ne se souvenait d'aucun chapitre dans son livre des bonnes manières que lui faisait étudier sa mère qui détaillait quoi faire lors de sa nuit de noces.

Quel livre pratique et lourd. Il ne lui avait pas seulement enseigné les règles que devait appliquer une dame. Il lui avait également permis d'adopter une bonne posture après les heures passées avec celui-ci sur le haut de sa tête. Une seule fois, ce livre volumineux avait chuté et cassé son gros orteil. Mais la cousine Polly, qui l'avait poussée, avait ensuite eu le nez tordu et perdu trois dents une fois que Meena en eut terminé avec elle.

Mais qui en avait quelque chose à faire de son enfance traumatisante ? Pour les autres, pas pour elle. Plus Teena s'efforçait d'aider, plus elle devait s'excuser.

Elle allait peut-être devoir s'excuser envers Dmitri ce soir quand il découvrirait une autre de ses faiblesses : le manque d'expérience.

Et non, elle était bien trop embarrassée pour expliquer pourquoi une fille de son âge était encore vierge.

Lui, en revanche, savait clairement comment s'y prendre avec les femmes. Cette idée provoqua une petite pointe de jalousie, un pincement qui lui fit comprendre pourquoi sa sœur réagissait si violemment avec celles qui touchaient Leo.

Personne ne touche ce qui est à nous.

Dmitri, par contre, pourrait la toucher autant qu'il voudrait.

N'importe où...

Attends. Arrête tout. Avait-elle perdu la tête ? Elle le

connaissait à peine. Comment pouvait-elle imaginer le laisser la toucher, et de manière si intime ?

C'est un inconnu.

Pourtant si indécemment, exotiquement, sexy.

Un mâle qui l'attirait.

Mon mari.

Le sien, qu'elle pouvait toucher. Embrasser. Aimer si elle le voulait.

Elle pouvait aussi le faire tomber amoureux d'elle.

Faire en sorte qu'il soit à moi, rien qu'à moi.

Quel merveilleux concept. Sauf qu'il ne semblait pas très enthousiaste concernant la revendication étant donné qu'il se tenait à l'autre bout de la pièce en train de se servir une boisson depuis une carafe en cristal.

Les mains serrées sur ses genoux, elle lui posa cette question qui lui brûlait les lèvres.

— Et maintenant, que fait-on ?

La prochaine étape de son stratagème, pour reproduire ces scènes des romans d'amour qu'il avait jusqu'à présent imités, était-elle de se jeter sur elle ? Devait-elle s'étendre sur le canapé en adoptant une position de soumission ?

Soulevant son verre, il en fit tourner le contenu avant de prendre une gorgée.

— Dans quinze minutes, nous partirons pour rejoindre une piste d'atterrissage. Nous prendrons l'avion jusqu'à chez moi, en Russie. Qui est désormais aussi ta maison. Mais d'abord, nous devons nous assurer que ta famille – ses lèvres se tordirent – ne nous suive pas. Je détesterais devoir les tuer, notamment parce qu'ils agiraient seulement pour ta défense.

— Tu les tuerais ?! couina-t-elle.

Il leva les yeux au ciel.

— Oui, évidemment que je le ferais s'ils essayaient de te reprendre. Tu es à moi maintenant.

Le frisson qui la parcourut n'avait rien à voir avec le ton inquiétant de sa voix alors qu'il la revendiquait, mais plutôt avec l'excitation qu'elle ressentait.

Comme cela semblait indécent et sexy quand il le disait. Mais quand même…

— Ça ne me plairait pas que tu tues ma famille.

— Alors tu feras de ton mieux pour leur assurer que tu vas bien.

Facile à dire. Pas facile à faire.

— Que suis-je censée leur dire ? Ils ne me croiront jamais si je leur dis que je me suis tellement énamourée de toi que nous nous sommes enfuis.

— Et tu l'es ?

— Je suis quoi ?

— Énamourée de moi ? demanda-t-il d'un ton taquin.

Mais était-ce elle ou y avait-il un sous-entendu sérieux derrière sa requête ?

Certainement pas. Il ne l'avait pas épousée parce qu'il éprouvait un désir ardent pour elle. Il souhaitait simplement décréter que, désormais, ses gènes lui appartenaient – et utiliser ses hanches larges.

Pourtant, malgré ses raisons initiales, le résultat final demeura le même. *Il est à moi, autant que je suis à lui.*

Le concept même l'enthousiasmait. Même si elle pouvait déjà entendre Luna crier d'un ton strident :

— Syndrome de Stockholm !

Mais était-il vraiment son ravisseur ?

En tout cas, il était clairement impatient, du moins c'est ce qu'elle crut comprendre, d'après ses actes. Cependant, à part le fait de l'avoir épousée avant même qu'elle ne réalise ce qui s'était passé et de lui avoir administré un sédatif pour ne pas qu'il se fasse tuer, il n'avait encore rien fait d'aussi dangereux que de lui adresser ce sourire espiègle.

Si, il m'a embrassée quand même.

Ça comptait probablement comme quelque chose de dangereux, mais parce qu'elle en voulait plus.

Quant au fait qu'il représentait une menace… Aucune menotte ne la retenait prisonnière. Aucun garde ne pointait d'armes sur elle. *Mais je parie que si j'essaie de sortir par la porte, il m'arrêtera.*

Le frisson électrique qu'elle ressentit lui donna presque envie d'essayer.

Un téléphone vibra devant elle. Son téléphone, en fait, qui affichait tout un tas d'appels manqués et de messages quand elle le déverrouilla.

Oh-non.

— Combien de temps suis-je restée inconsciente ? demanda-t-elle, parcourant les messages.

— Presque une journée entière.

— Une journée entière ?!

— J'avais besoin de temps pour me trouver un alibi et te faire disparaître.

— Comment as-tu fait ? Je veux dire, quelqu'un t'a forcément vu traîner mon corps inconscient.

Parce que la dernière chose dont elle se souvenait,

c'était d'être dans ses bras, impliquée dans une étreinte torride.

À en juger par ses narines qui se dilatèrent soudain et l'intérêt qui couvait dans son regard, il s'en souvenait aussi.

— Étant un homme de grande intelligence...

Elle n'avait quand même pas ricané à voix haute, si ?

— ... J'ai fourni un alibi. Le mariage était trop public pour que je fasse quoi que ce soit. J'ai appelé tes cousines pour qu'elles s'occupent de toi quand les drogues ont fait effet. Je me suis assuré qu'elles me voient aller dans ma chambre. Ta cousine Luna a même passé la nuit devant ma porte.

Cette chère cousine Luna qui donnait un autre sens au mot « ténacité ». Mère soupçonnait un sacré côté tête de mule de ce côté de la famille et la mère de Luna, une Texane intrépide, ne l'avait jamais nié.

— Alors, si tu étais bloqué, comment t'y es-tu pris ?

Comment avait-il réussi à la capturer en secret et à faire d'elle sa femme ?

— En déléguant bien sûr. En Russie je suis un seigneur. J'ai des minions pour effectuer certaines tâches.

Elle tenta de ne pas rigoler en entendant le mot minions. Elle aimait tellement la version jaune de ces minions dans les films. Dmitri était-il donc le super-méchant – qui avait en fait un cœur en or ?

— Ces sous-fifres sont-ils les mêmes crétins dont me parlait Meena ? Je suis surprise que tu aies laissé ces idiots maladroits s'approcher de moi.

Dmitri grogna.

— Je reconnais qu'ils n'étaient pas mon premier choix. Mes bras droit et gauche habituels étaient tombés malades. Une intoxication alimentaire apparemment. Alors je me suis retrouvé coincé avec Gregori et Viktor. Ils font de bien meilleurs pilotes que des hommes de main.

— Tu sais que le terme : « hommes de main » te fait passer pour un sale type ?

— Excellent, dit-il d'un air rayonnant. Il faut garder sa réputation intacte.

— Alors c'est vrai ? Tu es un patron de la mafia en Russie ?

— On dirait que ce mot est sale dans ta bouche. Mes pensées sont peut-être sales, mais mon travail est tout le contraire. À l'époque, mon rôle aurait été celui d'un *knyaz* ou d'un *boyard*.

— Ah bon, pas un tsar ? Je croyais que les tsars étaient les empereurs.

Elle ne put s'empêcher d'afficher un rictus alors qu'elle le taquinait, son égo était vraiment ahurissant et pourtant, il était à la fois adorable.

— Je sais que mes ancêtres ont souvent bataillé pour obtenir des positions aussi importantes. Cependant, je préfèrerais vivre jusqu'à un âge avancé. Je subis déjà assez de tentatives d'assassinat comme ça avec mon statut actuel.

— Et que fais-tu exactement ?

— Je suis ce que vous les Américains appelleriez l'alpha de mon clan.

— Il doit y avoir autre chose encore.

Ses lèvres s'étirèrent en un sourire d'un blanc éclatant qui avait un côté plus espiègle et enfantin que ce qu'un homme de son âge pouvait exprimer.

— De l'import-export.

— De quoi ? insista-t-elle.

— Tout qui puisse faire de l'argent ou me donner plus de pouvoir. Je gère une bonne partie du marché noir.

— Donc tu es un véritable criminel, déclara-t-elle.

— En Russie, le terme approprié est : capitaliste, ce qui, je t'assure est considéré comme plus révoltant qu'un voleur. Notamment depuis que je porte un costume.

— Est-ce que c'est dangereux ?

— Toute position qui en vaut la peine pour un homme comporte des risques. C'est ce que l'on nous inculque.

— Et qu'en est-il des femmes ? Comment sont-elles traitées ?

Elle en connaissait assez sur le monde pour savoir que certaines parties du globe avaient des pratiques différentes. Comment Dmitri la traiterait-il ? Il avait tendance à être autoritaire.

— Les femmes doivent être chéries.

Chéries, c'est-à-dire, ne pas avoir le droit de faire certaines choses ? Si c'était le cas, cela ne lui convenait pas.

— En d'autres mots, tu penses que les femmes ne sont pas capables de prendre soin d'elles-mêmes.

Il leva les sourcils.

— Que nenni. C'est grâce aux femmes que les familles restent soudées.

— Alors maintenant tu dis que les femmes contrôlent

les choses ? Qu'en est-il de tout ce baratin sur : je suis l'alpha, c'est moi le patron, alors ?

— Je le suis, mais je sais également quand demander conseil. Seul un imbécile remet en question les idées d'une femme intelligente.

— Le fils à sa maman, toussa-t-elle.

Il aurait dû être offensé. Mais il sourit.

— Peut-être, mais il n'y a aucune honte à admettre que ma mère est une femme intelligente, même si, certes elle réagit parfois avec un peu trop d'enthousiasme face à certaines situations. Mais n'aie crainte, je suis certain qu'elle ne te fera rien. Après tout, tu es ma femme.

— Super. Mon père va vouloir te tuer et ta mère risque d'avoir un problème avec moi. Alors où pouvons-nous organiser nos réunions de famille ? Il faut trouver un lieu avec des sols faciles à nettoyer.

— Ici, bien sûr. Nos sols ont des siècles d'histoire déversés sur eux. Et c'est un petit peu ce qui est attendu ici. C'est...

— La manière russe, comme tu ne cesses de le répéter, le coupa-t-elle en levant les yeux au ciel et en souriant.

Son arrogance était naturelle, non feinte et totalement attachante.

— Tu vois, tu ne cesses de prouver ta perfection absolue en me comprenant parfaitement. Ma mère le reconnaîtra sûrement. Et si ce n'est pas le cas, ne t'inquiète pas, je te protègerai.

Elle pinça les lèvres.

— On dirait que nos familles ont quelques points communs.

Son père aussi devenait fou pour tout ce qui concernait les affaires de famille. Heureusement que le parc national se trouvait près de chez eux et possédait un ravin assez profond. Sinon, elles n'auraient peut-être jamais eu l'occasion de serrer leur père dans leurs bras en grandissant.

Elle tenta de revenir à leur conversation initiale.

— J'ai l'impression que nous nous sommes un peu égarés. Donc, tu m'as droguée, puis tu as ensuite demandé à tes sbires de me kidnapper.

— Il m'a fallu débourser beaucoup de roubles pour les convaincre de s'habiller en femmes et Viktor a même demandé un bonus, car l'un des invités masculins a pris certaines libertés avec sa personne.

Des hommes habillés en femmes ? Deux fameuses cousines laides et les Jell-O shots qu'elles lui avaient fait boire avec insistance lui revinrent en mémoire et elle grimaça. *Je suis tout de suite tombée dans le panneau.* Pas un seul signal d'alarme, même de la part de sa féline.

Pas la peine de lui demander de baisser la tête, en voilà une qui était déjà assez gênée comme ça.

— Si tu avais des hommes de main qui s'occupaient déjà de tout, qu'est-ce que tu faisais toi ? Tu jacassais dans ton téléphone en complotant ?

— Tout en tordant ma moustache imaginaire et en rigolant de manière diabolique ? dit-il en ricanant. Pas tout à fait petit chaton. Comme je ne savais pas comment aller se passer cette tentative de kidnapping, j'en ai profité pour me requinquer.

— Tu as dormi ?

— Oui. Je ne comprends pas pourquoi tu as l'air si offensée. Toi aussi tu as dormi.

— Parce que l'on m'avait droguée.

— Vois ça comme deux personnes qui synchronisent leurs horloges internes. Je sais que mon incroyable sagesse est parfois difficile à suivre, mais tu t'y feras.

— Vraiment ?

Il sourit, très confiant.

— Oui. Mais tu me distrais. Tu voulais connaître toute l'histoire. Mes hommes t'ont emmenée jusqu'à une piste d'atterrissage réservée à l'avance où ils t'ont fait monter clandestinement à bord de mon jet dans une caisse remplie d'oranges.

Ce qui expliquait cette odeur d'agrumes qui semblait lui coller à la peau.

— Étais-tu avec eux ?

— J'aurais aimé, dit-il en grimaçant. Malheureusement, j'ai dû retarder mon départ du ranch afin de ne pas éveiller les soupçons. Tu devrais faire preuve de compassion envers moi.

— Pourquoi ?

— Parce que j'ai dû supporter ta famille au petit-déjeuner.

Comme il avait l'air contrarié.

— Ta disparition a été remarquée et ils m'ont accusé, tu y crois ? continua-t-il.

Le ton offensé qu'il prit était sincère.

— Mais c'est toi qui es responsable.

— Oui, c'est vrai, je suis responsable, cependant quel culot ! Accuser un invité à la table du petit-déjeuner.

— Laisse-moi deviner. Papa t'a attaqué.

— Nous avons peut-être échangé quelques coups. Mais vu la façon dont j'ai été traité, j'ai pris congé et j'ai embarqué dans mon jet privé. Nous t'avons ensuite prise en charge puis nous avons volé vers la côte. Durant le vol, j'ai planifié notre mariage, en demandant à un ami de la famille, membre du clergé, d'organiser la cérémonie. Quant au reste de notre incroyable et oui, tu peux le dire, romantique histoire, tu connais la suite.

— Ouais, tu m'as droguée et m'as amenée..., elle regarda autour d'elle. Je ne sais toujours pas où nous sommes.

— À Moscou, petit chaton, mais nous ne resterons pas ici longtemps. Je nous ai choisi cette suite, près de la piste d'atterrissage pendant qu'ils font le plein et s'occupent du plan de vol. J'espérais que tu te réveilles un peu avant.

— Pourquoi ?

— Pour que l'on puisse consommer notre mariage et notre engagement l'un envers l'autre.

Je suis mariée à un cinglé. Un cinglé mignon, mais quand même...

— Tu es complètement fou. On ne consommera rien du tout. Peut-être que dans ton monde tout cela est romantique, mais dans le mien, cela suffit pour que tu te fasses arrêter.

Ce qui, bon sang, était en fait assez romantique. Cependant, elle se posait quand même une question.

— Je ne comprends toujours pas pourquoi tu t'es donné tant de mal. N'aurait-il pas été plus simple de m'inviter pour quelques rendez-vous, de me charmer avec ta personnalité pour ensuite me poser la fameuse question ?

— Les rendez-vous prennent trop de temps. Je te voulais. Je t'ai prise. Tu es à moi.

Elle frissonna. Les femmes indépendantes pouvaient dire ce qu'elles voulaient. Être revendiquée par un mâle sexy était quand même très séduisant.

— Et pourquoi ne pas m'avoir laissé prendre cette décision ?

Le sourire qu'il lui adressa aurait dû être accompagné d'un avertissement – attention, mauvaise décision à venir.

— Tu ne le regretteras pas, petit chaton.

Une partie d'elle espérait qu'il ait raison, mais à vrai dire, seul le temps le dirait.

Le téléphone dans sa main se mit à vibrer, tremblant à cause de cet appel entrant plein de fureur. Elle n'eut pas besoin d'entendre la « Marche Impériale » de *Star Wars* retentir pour savoir qu'il s'agissait de son père. Ça risquait d'être intéressant.

Elle attendit que Dmitri lui arrache le téléphone des mains. Il n'allait certainement pas la laisser parler à son père.

Agitant nonchalamment la main dans sa direction, il dit :

— Tu devrais répondre. Il est très inquiet.

— Quoi, pas d'avertissement pour me demander de ne rien dire, sinon... ?

— C'est ton choix petit chaton. Une aventure pleine de plaisir, de passion à vivre avec moi. Ou ma mort immédiate et tu retournes à ta vie ennuyeuse d'avant. Notre futur est entre tes mains.

Elle savait ce que ses mains préféraient tenir. Mais ce n'était pas la meilleure pensée à avoir quand on était sur le point de passer un marché avec ce diable qui l'aimait. Prenant d'abord une grande inspiration, elle répondit :

— Coucou, Papa.

Et oui, elle prit sa voix de petite fille, la plus innocente qui soit.

— Je t'interdis de me dire coucou. Où es-tu putain ? Je sais qu'il s'est passé quelque chose. Je savais que j'aurais dû tuer ce putain de connard quand je l'ai vu te regarder comme si tu étais un vulgaire morceau de steak.

— Papa ! Tiens ta langue, dit-elle en imitant la voix de sa mère à la perfection.

— Ne joue pas à ça avec moi ! Je parle comme je veux quand ma petite fille chérie disparaît, bon sang !

— Je n'ai pas vraiment disparu. Je sais très bien où je suis. Je suis là, en train de te parler.

Elle pouvait presque voir la fumée sortir des oreilles de son père.

— Je t'interdis d'utiliser cette sémantique de merde avec moi. Tu sais très bien que je déteste quand ta mère le fait.

Elle sourit. En effet, il ne le supportait pas, c'est pourquoi sa mère continuait de le faire. D'après la règle numéro cent-un de Miss Manners [1] : satisfais toujours ton mari, mais laisse-le dans le flou.

— Y a-t-il une raison pour laquelle j'ai reçu un milliard d'appels et de messages sur mon téléphone ?

— Tu ne peux pas disparaître dans la nuit avec toutes tes affaires et ne pas t'attendre à ce qu'on ne s'inquiète pas. Si c'est ce connard de Russe qui te retient...

Sa voix se brisa de façon inquiétante.

Elle se releva et s'éloigna avec son téléphone pressé

contre son oreille, faisant de son mieux pour ignorer Dmitri qui la suivait.

Même si Dmitri feignait une certaine nonchalance, la prédatrice en elle pouvait sentir la tension tapie en lui. Si elle devait deviner, elle serait prête à parier qu'il plongerait vers elle pour lui arracher le téléphone si elle disait quelque chose de travers.

Deux mots. Il suffisait de deux mots pour que Papa et tous les clans auxquels ils étaient liés prennent l'avion pour Moscou afin de venir la récupérer.

Deux mots tels que : Sauve-moi.

Deux mots qui changeraient le cours de son avenir.

— Je vais bien. Très bien à vrai dire, notamment parce que je me suis enfuie avant qu'une catastrophe n'ait vraiment lieu. Tu sais ce qui se passe quand Meena et moi restons trop longtemps au même endroit.

Ce n'était pas pour rien que leur père avait acquis des compétences en menuiserie, plomberie et électricité au fur et à mesure qu'elles grandissaient. C'était moins cher que de garder un homme à tout faire sous contrat.

— Et puis, avant le mariage surprise de Meena, j'avais déjà prévu de retrouver des amis à New York. On va faire du shopping, ajouta-t-elle.

— Tu es partie sans dire un mot pour aller faire du shopping ?

Le ton suspicieux de son père la fit rire.

— Prada a sorti sa nouvelle ligne de sacs à main et j'ai mis quelques économies de côté.

— Donc tu nous as fait peur pour un sac à main ?

— Ce n'est pas juste un sac à main. C'est un Prada, Papa. Mère comprendrait.

En cas de doute, mieux valait évoquer sa mère. Bizarrement, il ne se disputait jamais avec elle.

— Tu es sûre que ça va ?

Haha, voilà le doute en question qu'elle avait semé.

— On ne peut mieux.

Elle croisa le regard de Dmitri en l'affirmant, et étrangement, elle le pensait.

Elle oublia l'inquiétude ou l'angoisse qu'elle avait éprouvées un peu plus tôt en sachant ce que le tigre attendait d'elle.

L'excitation courait dans ses veines. L'anticipation réveilla tous ses sens.

Elle affirma à son père qu'elle allait bien au moins une demi-douzaine de fois avant de parvenir à raccrocher.

Dmitri avait joué au spectateur silencieux tout le long. Mais après tout, pourquoi parler quand il était capable de la déshabiller du regard et caresser ensuite visuellement chaque centimètre de son corps ?

C'était bien plus que ce qu'elle pouvait supporter et techniquement, rien ne l'empêcher de se laisser aller. Les femmes faisaient tout le temps l'amour. Du sexe sans attachement d'ailleurs. Elle s'était retenue pendant trop longtemps. Elle s'était accrochée à un idéal qui n'existait probablement pas.

On s'en fiche qu'il ne soit pas encore amoureux. Nous sommes mariés. Il est à moi. Elle avait le choix si elle voulait que ce mariage soit réel. L'avoir dans sa vie, dans son lit, et dans son cœur.

Et en moi aussi ?

Le désir la rendait audacieuse.

Jetant le téléphone sur le côté, elle se laissa retomber sur le canapé et écarta grand les bras avant de s'exclamer :

— Prends-moi. Je suis à toi !

Cela aurait pu être plus sexy si ce canapé français de Provence, avec ses pieds fuselés, ne s'était pas effondré sur le sol.

---

1. Journaliste et auteure américaine

CHAPITRE NEUF

N'importe quel autre homme aurait sauté sur l'occasion. Son petit chaton était très tentant avec ses cheveux en pagaille. Son chignon, après tous les sévices qu'il avait subis, était en désordre. Elle n'était pas vraiment habillée comme une sirène, étant donné qu'il l'avait fait changer de tenue – par une femme du personnel de l'hôtel – optant pour quelque chose de plus couvrant et pratique que sa tenue de mariage. Cependant, même si le pantalon de jogging lâche et le sweat-shirt n'étaient pas très sexy, ceux-ci ne nuisaient pas à sa beauté.

Et elle l'invitait avec les bras et les yeux grands ouverts, ignorant le fait que le canapé était penché avec la partie cassée sur le sol.

Elle le désirait. Alors pourquoi hésitait-il ?

— Essaies-tu de m'attirer plus près pour ensuite m'attaquer et abîmer mes organes ?

La sœur de Dmitri prenait plaisir à utiliser ce stratagème pour ensuite le narguer en le menaçant et en lui disant que s'il allait tout répéter à leur mère il serait une mauviette.

Les frères et sœurs, c'était nul.

Teena secoua la tête.

— Je ne ferais pas ça.

— Espères-tu me frapper et me faire perdre connaissance pour pouvoir t'enfuir ?

— Je doute avoir quelque chose d'assez solide pour le faire.

Pas faux, il avait la tête dure.

— Alors quel est ton angle d'attaque ?

Autre que son angle actuel, c'est-à-dire la tête penchée vers le bas, la poitrine bizarrement affaissée. C'était étrangement adorable.

— Je voulais simplement faire des câlins. Rien de très grave. Nous sommes mariés non ?

Elle haussa plus ou moins les épaules. Du moins, elle roula surtout les épaules, ce qui la fit glisser sur les coussins penchés et tomber par terre. Mais elle se remit rapidement et s'assit, avec une jambe tendue, l'autre repliée en s'appuyant sur ses bras, poussant sa poitrine vers l'extérieur de manière séduisante.

Les félins avaient la capacité incroyable de faire croire que le moindre geste maladroit était en fait intentionnel.

— Oui, nous sommes mariés.

— Exactement, ce qui veut dire qu'on devrait consommer ce truc. En général, il faut être deux et plutôt proches physiquement.

Dmitri fronça les sourcils.

— Tu ne comptes pas contester et t'énerver ?

— Est-ce que ça changerait vraiment quelque chose ?

— Eh bien, non, mais quand même, tu dois être en colère.

Il avait grandi au contact de femmes qui n'avaient pas besoin de grand-chose pour être hors d'elles.

— En colère que tu m'aies épousée ? Pas vraiment. Et crois-moi, ça me surprend autant que toi.

Elle disait la vérité. Il ne détectait aucune forme d'irritation de sa part et cela n'avait aucun sens. N'importe quelle autre femme lui aurait déjà jeté des choses au visage en hurlant. C'est pourquoi il collait avec de la glue la plupart des objets de valeur ou bien les enfermait dans un coffre. Mais évidemment, quand un vase inestimable s'envolait dans sa direction, accompagné de la petite table sur laquelle il avait été collé, ce n'était pas vraiment mieux.

Il tenta de tester la température en insistant vraiment sur le fait qu'elle aurait dû être en train de l'étrangler avec sa propre cravate.

— Donc tu n'es pas du tout fâchée que je t'aie kidnappée et épousée ?

Elle secoua la tête.

Pourquoi est-ce que j'hésite ? N'ai-je pas souhaité une compagne docile ? Elle était là, prête et consentante, sauf que lui ne l'était pas.

Comment était-ce possible bon sang ?

Il retourna vers la carafe de cognac.

Apparemment, son refus sembla déclencher une certaine colère.

— Qu'est-ce que tu fais ? Ne sommes-nous pas censés nous occuper de notre lune de miel ? demanda-t-elle.

Il faillit lâcher la bouteille dont il versait le contenu.

— Notre vol est pour bientôt. J'ai une voiture qui viendra nous chercher dans moins de quinze minutes.

— Ça nous laisse bien assez le temps. Je crois.

Il pivota vers elle et s'étonna de son air pensif.

— Tu crois ? Combien de temps mettent tes amants d'habitude ?

Et pouvait-il également avoir leurs noms afin de les pourchasser et de les éradiquer pour avoir osé la toucher en premier ?

— Je ne saurais pas te dire. Je suis toujours vierge.

Il avala sa gorgée d'alcool de travers et il recracha. S'étouffa. Il haleta également. Elle vint à son secours, lui tapant le dos avec vigueur.

Lorsqu'il parvint enfin à inspirer une légère bouffée d'air, il lui demanda, d'une voix rauque :

— Qu'est-ce que tu as dit ?

Il avait certainement mal compris.

— J'ai dit que j'étais vierge. Mais pas pour longtemps. Je suis sûre que tu sais comment régler ce problème.

Effectivement, il savait. Ou le saurait, si seulement il parvenait à recouvrer ses esprits.

Quand il avait souhaité une femme innocente, il ne pensait pas à une véritable innocence. En tout cas, pas une innocence aussi splendide qu'elle.

Pure et à moi. Il y avait certainement un piège, non ?

— Tu veux que je te séduise ?

— Tu es mon mari. Que tu me séduises, me revendiques, appelle ça comme tu veux. J'attends ça depuis longtemps. J'ai hâte de voir ce que c'est.

Elle lui sourit. Il y avait de l'attente dans l'air.

Des attentes à son égard.

Était-ce lui ou bien ce mariage venait-il de prendre une tournure compliquée ? Il ne s'agissait plus d'une simple union des corps. Leur union était à présent pleine de danger. Il avait désormais tellement de pression sur les épaules. La première fois d'une femme était quelque chose qu'elle n'oublierait jamais et d'après ce qu'il avait entendu au fil des ans, elles ne s'en souvenaient pas toujours avec tendresse.

Et si elle déteste ça ?

Une fois, sa sœur avait expliqué que l'acte n'avait jamais été à la hauteur de ses attentes.

Et si j'échoue et qu'elle ne désire plus jamais mes caresses ?

Inacceptable.

La première fois de Teena devait être parfaite. Absolument mémorable.

Avec lui.

Il avait besoin de plus d'alcool.

Même s'il lui tournait le dos, elle se rapprocha, sa main posée sur son épaule en un geste de consolation.

— J'ai l'impression de t'avoir contrarié. Je suis désolée d'être vierge. Je ne l'ai pas fait exprès.

Elle s'excuse d'être pure ? Il faillit s'étouffer à nouveau. Claquant le verre sur la table, il pivota pour lui faire face. Il fut happé par ces yeux séduisants, envoûté par le regard hypnotique et le corps vierge de sa femme. Il avait envie de rugir et de pleurnicher à la fois.

— Je trouve ta position incroyablement séduisante.

— Pourquoi ai-je le sentiment que tu vas ajouter un « mais » ?

— Mais je me demande désormais si ma hâte n'était pas incorrecte. Une femme comme toi mérite qu'on lui fasse véritablement la cour. Une séduction parfaite. Et c'est ainsi que tu l'auras, décida-t-il alors, profitant de ce trait de génie pour gagner du temps.

Cette annonce la rendit perplexe et elle fronça les sourcils.

— Je ne suis pas sûre de comprendre.

— Comme tu l'as remarqué, nous sommes mariés et même si en tant que mari j'ai le droit de profiter des plaisirs charnels que cette union légale entraîne, je ferai preuve d'abstinence et te ferai la cour dignement, comme tu le mérites.

Il flirterait, la taquinerait et la tenterait jusqu'à ce qu'elle le supplie de la prendre. Alors, et alors seulement, il oserait la déflorer lorsqu'elle serait au summum de la passion.

— Laisse-moi comprendre. Tu me kidnappes et pendant que je suis encore sous l'emprise de la drogue, tu me fais t'épouser pour pouvoir me revendiquer, mais parce que je suis vierge, tu ne comptes pas coucher avec moi.

Comme il aimait sa vivacité d'esprit !

— Exactement, lui dit-il d'un air rayonnant.

Elle en revanche, soupira et murmura :

— Eh ben, c'est bien ma veine de me faire encore avoir.

Ses mots étaient marqués par la contrariété, mais elle ne fit rien de plus. Elle ne discuta pas. Ne jeta aucun objet et n'essaya pas de s'enfuir.

Elle se rassit sur le canapé, du côté qui n'était pas

encore cassé et qui, comme pour la narguer, s'écroula à son tour. Mais Teena ne broncha pas, elle posa juste ses jambes sur le canapé désormais plat.

Cette place à côté d'elle l'appelait. Bon sang, tout chez elle l'appelait.

Mais non, il ne se faisait pas assez confiance pour s'approcher d'aussi près, malgré sa détresse évidente. La proximité entraînerait un baiser. Et embrasser voulait aussi dire se toucher. Et la toucher le pousserait à la prendre comme un animal sur le mobilier exigu et il gâcherait sa première fois. Gâcherait leur vie sexuelle future.

Non. Il attendrait. Le seul problème avec l'attente, c'était que ça faisait mal – et qu'une certaine partie de son anatomie finissait par devenir bleue. Mais au moins, il respectait sa nouvelle épouse.

Dommage qu'elle n'arrive pas à l'apprécier.

CHAPITRE DIX

Que doit faire une épouse vierge pour se faire dépuceler exactement ?

Teena voulait vraiment le savoir. S'offrir à lui n'avait pas marché. Dire à son mari qu'il serait le seul et l'unique semblait avoir déclenché une certaine panique. Allait-elle devoir ligoter Dmitri et faire ce qu'elle voulait de lui ?

L'idée avait du mérite, si elle avait le courage d'aller jusqu'au bout, mais elle ne le fit pas. Elle ne pouvait que trop facilement imaginer le désastre si elle suivait cette voie. L'usage d'une corde ou même d'une ceinture risquait de lui bloquer la circulation au niveau des membres. Et si elle se jetait sur lui, cela pourrait entraîner des lésions corporelles.

Papa était peut-être capable de porter sa fille chérie, mais les autres hommes, eux, avaient tendance à se faire écraser. Non pas que Teena l'ait déjà expérimenté, mais elle avait entendu assez d'histoires de la part de sa sœur

Meena et l'avait aidé à envoyer assez de cartes de bon rétablissement : « J'espère que ta clavicule cassée ira bientôt mieux » pour savoir que c'était déjà arrivé.

Si Teena avait eu assez de courage, elle se serait déshabillée, jusqu'à être complètement nue.

Essaie de résister à ça, tiens !

Cependant, sa timidité l'en empêchait.

Il semblait que, même mariée, elle était condamnée à échouer avec les hommes. Un homme. Son mari. *Mon compagnon.*

Malgré sa tentative initiale pour épouser sa sœur, Teena avait désormais passé assez de temps avec lui pour avoir une certitude. Dmitri était à elle.

C'est-à-dire, son âme sœur. Le seul et l'unique. Son homme.

Maintenant, si seulement ce Russe effronté qu'elle avait rencontré pouvait faire de cette certitude une réalité, au lieu de la repousser avec cette conviction erronée qu'elle avait besoin d'être courtisée.

Le trajet en limousine jusqu'à l'aéroport fut silencieux. Elle était assise en face de lui, l'observant alors qu'il passait des appels, parlant en Russe, la cadence entraînante de ces mots étrangers étant un délice sensuel. Était-il du genre à lui ronronner des choses tendres à l'oreille ? Peut-être qu'un jour elle le découvrirait.

Lorsqu'il raccrocha, elle lui demanda :

— Ça semblait assez sérieux. Y a-t-il un problème ?

— Rien d'inhabituel. Juste ma sœur et ma mère qui ont été mises au courant de notre situation actuelle.

— Est-ce qu'elles sont contrariées que tu m'aies épousée sans qu'elles ne soient présentes ?

— Je suis leur seigneur. Cela n'a pas d'importance.

Elle fronça les sourcils devant sa remarque arrogante.

Il se mit à rire.

— OK, en vérité je viens d'entendre un long discours sur le fait que j'étais un fils ingrat qui privait sa mère de réaliser un mariage somptueux et de montrer aux arrivistes de certains clans comment ceux de sang royal se mariaient. Alors que ma sœur a dit que j'étais un grossier imbécile qui méritait un coup de matraque sur la tête pour m'être conduit comme un homme de Néandertal.

Elle ne put s'empêcher de sourire. Malgré ses plaintes, elle entendait quand même l'affection dans sa voix.

— Tu sembles être proche de ta famille. Tu vis avec eux ?

Une grimace lui tordit les lèvres.

— Oui. Mais je t'assure que ma demeure est très grande. Bien qu'elles soient situées dans l'aile est, nous avons toute l'aile ouest pour nous.

— Des ailes ? Quelle est la superficie de ta maison exactement ?

Il agita la main d'un air désinvolte.

— La taille n'a pas d'importance.

Le petit diablotin en elle, celui qui avait manifestement entendu sa sœur bien trop de fois, rétorqua :

— C'est marrant, les filles m'ont toujours dit que justement, tout était une question de taille. Plus c'est gros, mieux c'est.

Même si ses propres mots ne la firent pas rougir, sa réponse en revanche, si.

— Je te rassure, en termes de taille, j'ai plus qu'il n'en

faut pour te satisfaire, petit chaton. Et mes compétences buccales sont à hurler de plaisir.

Cette lueur ardente dans ses yeux lui coupa le souffle et pendant un instant, elle crut qu'il allait plonger de son siège et la rejoindre, peut-être l'embrasser, sauf que son fichu téléphone sonna et rompit le sort.

Arrivant à l'aéroport, ils subirent un contrôle prioritaire qui impliqua très peu de vérifications, mais beaucoup de poignées de mains.

— Comment as-tu réussi à faire ça au fait ?

— Réussi à faire quoi ?

— À me faire quitter les États-Unis en passant tous les contrôles de sécurité. J'ai entendu dire qu'ils avaient mis en place des mesures plus strictes pour les voyageurs.

— J'ai des relations, petit chaton. Et quand celles-ci échouent, un peu d'argent facilite toujours le passage.

Comme c'était ironique qu'elle, celle qui s'efforçait le plus à suivre les règles se retrouve finalement mariée à un gars qui était déterminé à les enfreindre toutes.

Il est tout le contraire de moi.

Peut-être qu'elle était stupide. Comment cela pourrait-il fonctionner ? Ce mariage fou avait-il une chance ?

Oui.

Elle eut besoin de sa féline intérieure pour lui rappeler que sa mère toute propre et guindée était mariée et heureuse avec leur père totalement-hors-la-loi.

La question, c'était de savoir s'ils finiraient par être aussi amoureux que l'étaient ses parents ?

Seul le temps nous le dira. Sinon, Papa le tuera.

Une fois à bord du jet privé de Dmitri, Teena s'allongea sur un fauteuil en cuir souple et de couleur crémeuse tout en regardant Dmitri tapoter sur sa tablette, les sourcils froncés. La tension émanait de lui.

— Quelque chose ne va pas ? demanda-t-elle.

Sa mère avait-elle à nouveau exprimé son mécontentement par écrit ?

— Deux autres membres de mon clan ont disparu. Cela fait cinq en cinq mois.

— Ont-ils déménagé ?

Il n'était pas rare pour des métamorphes adultes de changer d'endroit. Cela augmentait leur chance de trouver une compagne ou un compagnon convenable.

— Non, ils n'ont pas déménagé. L'un a laissé derrière lui une épouse enceinte tandis que l'autre était sur le point de se marier. Il semblerait qu'ils aient disparu sans rien prendre avec eux, pas même leur carte d'identité ou leurs affaires.

Elle fronça les sourcils à son tour.

— C'est étrange. As-tu des ennemis ? Auraient-ils pu les kidnapper pour essayer de te manipuler ?

Il ricana.

— Évidemment que j'ai des ennemis. Je ne serais pas un véritable leader si je n'en avais pas. Pourtant, les atteintes à mon pouvoir sont généralement accompagnées de railleries et de l'identité du responsable afin de s'attribuer un semblant de gloire.

C'était déjà assez effrayant de laisser sa vie et sa famille derrière elle, mais l'idée qu'elle aille tout droit vers le danger provoqua un moment d'hésitation.

— Sommes-nous en danger ?

— Je ne laisserai personne te faire du mal, affirma-t-il, très confiant.

Elle le crut, ce qui lui donna également le courage de passer de son fauteuil à celui à côté de lui, puis sur ses genoux.

Pour sa défense, il ne tressaillit pas quand elle s'assit sur ses genoux – et rien ne craqua – mais il sembla méfiant quand il lui demanda :

— Qu'est-ce que tu fais ?

Elle faisait ce que faisait sa mère, qu'elle avait observée, quand celle-ci voulait obtenir quelque chose de son père.

Mais bon, vu le nombre de fois où elle avait vu ses parents disparaître derrière leur porte en chêne massif, sa mère n'avait jamais eu besoin de travailler très dur pour le séduire.

Teena enroula ses bras autour de son cou et se pencha plus près. L'avion fit une embardée alors qu'il se mettait en mouvement.

Paf !

Elle se frotta la tête.

— Pardon.

— Pas besoin de t'excuser, petit chaton. Les accidents, ça arrive.

— Plus souvent que tu ne l'imagines, rétorqua-t-elle d'un ton sec.

Désormais assise sur ses genoux, elle se retrouva désemparée. Il ne l'avait pas laissée retomber sur ses fesses, mais il n'avait rien fait de plus que de la tenir mollement.

Accueillait-il favorablement ses avances ? S'était-elle montrée trop directe ?

Il caressa une mèche de ses cheveux, la remettant derrière son oreille.

— Tu es nerveuse.

C'était une affirmation et non pas une question.

— Un peu, oui.

— C'est à cause de l'avion ? As-tu peur de voler en avion ?

Elle secoua la tête.

— Alors pourquoi cette inquiétude ?

Elle se demande s'il manquait volontairement de tact. Mais il avait sa propre vision des choses. Peut-être qu'il ne savait vraiment pas ce qui la mettait à cran.

— C'est toi qui me rends nerveuse.

— Moi ?

Elle acquiesça.

Il leva ses deux sourcils à la fois.

— Ça n'a aucun sens. C'est toi qui t'es assise sur mes genoux. Si ma proximité te dérange, pourquoi avoir fait ça ?

Elle se tortilla, sa position sur le haut de ses cuisses devint intéressante grâce à la bosse grandissante qui se trouvait sous ses fesses. Au moins, elle avait une réponse à l'une de ses questions. Il la désirait.

— Je me suis assise là, parce que j'en avais envie.

Effectivement, mais elle se demandait désormais si elle avait fait le bon choix. Il ne semblait pas très réceptif. Peut-être qu'il valait mieux qu'elle change de place.

Dmitri enroula ses bras autour d'elle.

— Je suis content que tu n'aies pas peur de moi. À

moins que tout cela ne soit un stratagème pour que je me détende et que tu puisses ensuite me tuer ?

— Tu es vraiment très suspicieux.

— Un homme de mon rang doit toujours se poser des questions sur les réelles motivations des autres.

— Même celles de ta femme ? demanda-t-elle.

— Surtout ceux qui sont proches de moi. C'est souvent ceux à qui tu fais le plus confiance qui te trahissent le plus.

Comme il paraissait triste.

— On dirait que tu parles par expérience.

— Plutôt du passé. Un passé bien lointain. Oublié depuis longtemps et qui n'a rien à voir avec notre avenir.

— Notre avenir – Hiiii !

L'avion quitta le sol d'un coup sec et la gravité l'aspira.

Heureusement pour elle, Dmitri avait mis sa ceinture, et elle fut encore plus chanceuse car il la tint fermement. Il se mit à rire.

— N'aie crainte, je te tiens.

Effectivement, il la tenait et quand leurs regards s'entremêlèrent, la chaleur s'installa entre eux. Elle se pencha vers lui et il la rejoignit à mi-chemin, ses lèvres rencontrant les siennes pour une étreinte sensuelle. Mordillant. Suçant. Une morsure tendre de leurs chairs consentantes.

Il l'embrassa et la goûta comme si elle était la plus délicieuse des friandises, ses doux bruits de plaisir la faisant se tortiller sur ses genoux.

Elle laissa ses mains parcourir ses épaules larges, lui faisant confiance pour la tenir, l'empêchant de tomber.

Comme il semblait grand, la largeur de son corps était

absolument délicieuse. Le bout de ses muscles durs rencontra ses paumes de mains en mouvement alors qu'elle glissait celles-ci sur la partie supérieure de son corps, explorant tout ce qu'elle pouvait.

Lorsque l'avion se stabilisa, il la rejoignit dans son exploration, ses mains lui caressant le dos, glissant sous sa chemise, le contact de ses doigts dansant sur sa peau rendit sa respiration erratique.

Oh, comme elle en voulait plus ! La poussée indécente de sa langue dans sa bouche la fit gémir. Comment le glissement sensuel de leurs langues pouvait-il être si excitant ?

La chaleur qui irradiait entre eux aurait pu réduire leurs vêtements en cendres. Elle aurait presque souhaité que ce soit le cas pour qu'elle puisse sentir sa peau. Toucher cette chair qui se cachait.

Mais au lieu de ça, elle heurta ce fichu sol lorsqu'une énorme secousse ébranla l'avion, la faisant tomber de ses genoux.

Elle n'aurait peut-être pas jeté un regard aussi noir si son : « Petit chaton, ça va ? » n'avait pas été suivi d'un rire.

— Ce n'est pas drôle, grogna-t-elle en se relavant pour trébucher à nouveau quand l'avion fit une autre embardée.

Le haut-parleur de l'avion se mit à grésiller.

— Nous traversons actuellement une zone de turbulences. Nous vous recommandons de vous attacher à votre siège, car cela pourrait devenir encore plus violent, dit une voix avec un accent encore plus fort que celui de Dmitri.

Se rasseyant sur le canapé, elle repéra la ceinture et la boucla.

Interrompue à cause du mauvais temps. Mais elle était désormais pleine d'espoir.

Il me désire. Et ce qui était sûr, c'est qu'elle le désirait aussi.

CHAPITRE ONZE

Bon sang, comme il la désirait !
Maintenant.
Ici.

Peu importe qu'il n'y ait pas de lit et que leur intimité soit compromise ! Son petit chaton avait fait le premier pas. Elle s'était assise sur lui, comme si sa place était sur ses genoux, et c'était le cas.

Malgré l'innocence de Teena et les méthodes de Dmitri, elle semblait prête à faire de ce mariage une réalité.

À l'accepter et le désirer.

Ou bien était-ce seulement une ruse ?

La suspicion était une bête affreuse. Elle teintait de doute les actions les plus innocentes. Dmitri avait trop souvent eu affaire à des gens qui mentaient dans sa vie, qui mentaient très bien. Il avait envie de croire à la sincérité de ses actes et à l'innocence dans son regard, mais, et si elle le bernait ? Après tout, sa jumelle s'était opposée catégoriquement à cette union avec Dmitri, et heureusement d'ailleurs.

Il pouvait désormais voir à quel point Meena et lui n'étaient pas faits pour être ensemble. Mais ça ne voulait pas dire que Teena ressentait la même chose. Ses paroles et ses actes semblaient indiquer le contraire, ou bien laissait-il son propre espoir et son attirance pour elle obscurcir son jugement ?

Je sais que je n'ai pas tort.

Il n'en avait simplement pas le droit. S'il laissait le doute s'installer maintenant, il remettrait toujours tout en question et Dmitri n'était pas du genre à vivre avec cette incertitude sur les épaules.

Il ferait confiance à son petit chaton en partant du principe qu'elle voulait que ce mariage fonctionne, d'autant plus que, à part quelques paroles – qui étaient surtout une protestation symbolique – elle n'avait encore rien fait pour lutter contre.

Le grondement et les mouvements de l'avion alors qu'il bataillait contre les courants d'air violents, le berçaient, d'autant plus que, étant désormais en territoire Russe, il sentait qu'une bonne partie de la tension qui l'avait suivi après qu'il se soit enfui des États-Unis avec son trophée, diminuait.

Il bailla et sourit en remarquant que Teena essayait justement de cacher un bâillement à s'en décrocher la mâchoire derrière sa main. Peut-être qu'une petite sieste s'imposait avant qu'ils n'atterrissent et qu'il ne fasse la cour à sa femme.

. . .

LE BOURDONNEMENT DANS SES OREILLES LE RÉVEILLA. Ils avaient probablement démarré leur descente, sauf que lorsqu'il regarda par la fenêtre, au lieu des champs de ferme et chemins familiers qu'il s'attendait à voir, un terrain montagneux et des cimes de forêts denses et saupoudrées de blanc l'accueillirent.

Ce n'est pas normal. Il avait emprunté cette route aérienne trop souvent pour croire que tout allait bien. Son pilote avait-il dévié de sa trajectoire ?

Il détacha sa ceinture et se leva alors que Teena, sa voix encore chargée de sommeil demanda :

— On est bientôt arrivés ?

— Bientôt, petit chaton. Il faut que je parle avec le pilote un instant. Repose-toi encore un peu.

Il s'autorisa à lui caresser la joue du bout des doigts en passant à côté d'elle, et elle battit des cils, leur extrémité chatouillant le haut de ses joues. Elle ne broncha pas quand il la toucha. Au contraire, un léger sourire lui étira les lèvres.

Il aurait adoré passer un moment avec elle, surtout quand elle était si douce et désirable. Cependant, le sentiment que quelque chose n'allait pas le titillait.

Atteignant la porte du cockpit, il tira la poignée, pour la trouver fermée. Comme c'était étrange. Gregori et Viktor ne la fermaient jamais d'habitude.

Son coup sec contre la porte n'obtint aucun résultat. Il fronça les sourcils et frappa à nouveau.

Toujours pas de réponse, ce qui ne présageait rien de bon.

C'est pour ça que je déteste prendre l'avion. Au

moins, sur la terre ferme, il pouvait contrôler ce qui se passait. Ici, il était à la merci des pilotes.

— Il y a un problème ? demanda Teena, s'étant avancée derrière lui.

— Un problème ? Bien sûr que non, mentit-il avec subtilité. Non, seulement un petit souci avec notre plan de vol, que je prévois de résoudre très prochainement.

— Un souci ? Quel genre de souci ?

— Nous ne sommes simplement pas là où nous devrions être. Je suis sûr qu'il y a une bonne raison à cela.

Sinon, Viktor et Gregori subiraient ses foudres.

Elle rigola.

Bizarre, car il n'avait pas eu l'intention de faire une plaisanterie.

— Qu'est-ce qu'il y a de si drôle ?

— Juste que ce serait très ironique que tu m'aies kidnappée pour ensuite être kidnappé à ton tour.

— Personne n'oserait.

Pas s'ils tenaient à la vie. Mais la plupart de ses ennemis semblaient vouloir mourir, avec leurs provocations.

Il cogna à nouveau contre la porte et cette fois-ci, il obtint une réponse. Seulement, elle ne lui plut pas.

— Va te faire foutre mec. Je ne te laisserai pas entrer.

Ce n'était pas Gregori. Ni Viktor. Ou quiconque qui travaillait pour Dmitri. Un peu plus tôt, quand quelqu'un avait parlé dans le haut-parleur, il avait été distrait et n'avait pas remis en question la voix étouffée. Cependant, désormais, il se demandait qui diable était assis dans le cockpit.

— On est en train de détourner l'avion.

Le culot d'un tel acte les laissa abasourdis.

— Par des terroristes ? demanda-t-elle.

Bon, ça, c'était un peu extrême. Il la remit rapidement sur le droit chemin.

— Bah, je n'appellerais pas ça comme ça non plus. Je ne suis pas terrorisé, toi oui ?

Elle cligna des yeux.

— Tu sais ce que veut dire le terme terroriste, n'est-ce pas ?

— Oui. Je connais aussi la signification du mot cadavre, qui sera bientôt un terme plus approprié pour l'imbécile qui se trouve dans ce cockpit.

— Cet imbécile, comme tu dis, est en train de piloter l'avion.

— Ce qui veut dire qu'il ne fera rien pour nous faire du mal tant que nous sommes dans les airs.

Et oui, une fois de plus, son vaste intellect, relevait le fait le plus pertinent.

Elle rétorqua avec un fait encore plus pertinent.

— Non, tu as raison, ce qui veut dire qu'il va nous emmener dans un endroit où il se sent en contrôle avant de nous dire réellement ce qu'il veut. J'imagine qu'il ne nous reste plus qu'à attendre de voir.

— Attendre ? se moqua Dmitri. Certainement pas. As-tu oublié ? Je ne suis pas un homme patient.

— Sauf quand il est question de déflorer ta femme, grommela-t-elle, réalisant trop tard qu'elle l'avait dit à voix haute.

Ses joues se teintèrent de rouge.

— Dans ce cas-là, l'attente est une bonne chose.

— Pourquoi, parce que ça nourrit les ardeurs ?

— Non, parce que tu auras encore plus de désir pour mes caresses.

Voyant son air surpris, la bouche grande ouverte, il lui fit un clin d'œil.

— Maintenant, petit chaton, j'ai besoin que tu recules pendant que je rends visite à notre pilote malavisé.

— Comment ? La porte est fermée. Tu as la clé ?

Probablement, mais il ne savait pas où elle était rangée, bon sang. Avant qu'il ne reprenne à nouveau l'avion, il s'assurerait de la garder sur lui. En attendant, il avait une porte à ouvrir.

Teena s'écarta, lui laissant assez d'espace. Reculant, il leva le pied et donna un coup.

Poum. Il fit un bruit impressionnant, laissa une marque légère, mais la porte se moqua de lui et resta immobile.

Bang. Bang. Bang. Il frappa la satanée porte encore et encore. Alors que les règles de sécurité aérienne plus strictes avaient demandé à renforcer les portes des cockpits des avions commerciaux en les rendant presque hermétiques, sur les petits jets privés, comme son Cessna Citation, les portes étaient plutôt destinées à préserver l'intimité des occupants.

La porte s'enfonça, la structure métallique qui la retenait se plia suffisamment pour faire sauter la serrure. Il ne lui fallut que quelques secondes pour remarquer que deux personnes se tenaient dans le cockpit. L'un d'eux ne prit même pas la peine de se retourner, mais il ne représentait pas la plus grande menace pour Dmitri. Celle-ci provenait du gars qui se trouvait devant lui, tenant un pistolet.

Son félin se montra moins qu'impressionné. Amener une arme à un combat de métamorphes. Certaines personnes n'avaient vraiment aucun honneur.

— Recule, mec.

Il appuya ses mots en bougeant son arme.

N'étant pas du genre à obéir, Dmitri fit pourtant ce qu'on lui demandait. Cela avait probablement beaucoup à voir avec le canon de l'arme pointé sur son front. Même s'il guérissait plus rapidement qu'un humain, une balle tirée d'aussi près le tuerait.

Totalement inacceptable. Je n'ai même pas encore couché avec ma nouvelle femme.

Mais est-ce que ce crétin – sniff – qui puait le reptile en avait quelque chose à faire ? Apparemment non, puisqu'il grogna :

— Recule jusqu'à l'arrière de la cabine, sinon je te fais sauter la cervelle.

Plusieurs choses se produisirent ensuite. Premièrement, Teena recula, mais comme elle avait les yeux écarquillés et fixés sur le pirate de l'air, elle ne regarda pas où elle marchait.

Son pied se cogna contre le bord d'un siège. L'avion choisit cet instant pour trembler, le vent le secouant. Cela fit perdre l'équilibre à sa nouvelle épouse et elle bascula contre la paroi de l'avion. Cette paroi-là s'avéra être celle où se trouvait la porte de sortie.

Elle attrapa le levier qui permettait de la fermer, et tout aurait pu bien se passer si l'homme armé ne lui avait pas ordonné :

— Lève-toi et lève les mains en l'air pour que je les voie.

L'avion continua de trembler, ce ne fut donc pas volontairement – du moins, c'est ce que supposa Dmitri – qu'elle se releva, tenant toujours le levier dans les mains. Il ne fit aucun bruit lorsqu'il pivota. Cependant, une fois que ce dernier atteignit un certain point, le bruit causé par l'ouverture de la porte de la cabine devint assez bruyant.

L'homme armé aboya :

— Écartez-vous de cette putain de porte ! Maintenant !

Et c'est là que tout ce bordel devint vraiment intéressant.

CHAPITRE DOUZE

Oups. L'aspiration de l'air, sifflant à cause de la pression intense, ne présageait rien de bon.

Teena s'éloigna de l'ouverture de l'avion en titubant. Elle n'avait pas fait exprès d'ouvrir la porte. Ces trucs-là n'étaient-ils pas censés avoir de meilleurs verrous ?

Mais ça n'avait plus vraiment d'importance.

Quand elle s'était écartée de la porte, exécutant seulement ce qu'on lui demandait, celle-ci s'était ouverte et était restée comme telle, l'élan aérien de l'avion l'empêchant de se refermer. Un grand trou large sur le côté de l'avion qui entraînait une aspiration importante à l'intérieur de la cabine.

C'était vraiment désagréable, mais au moins, leurs têtes n'avaient pas explosé. Heureusement, Teena s'y connaissait assez en avion – vu les incidents qu'elle avait vécus – pour savoir qu'ils volaient assez bas et que par conséquent, il n'était pas nécessaire de pressuriser la cabine. Cependant, un environnement pressurisé aurait rendu le vol plus agréable, car la porte ouverte provoquait un tourbillon d'air à l'intérieur.

Ses cheveux s'enroulèrent autour de sa tête et l'aveuglèrent. Incapable de voir, elle s'éloigna en titubant de l'ouverture mortellement dangereuse – un grand ciel ouvert, sans ailes pour voler n'était jamais une bonne chose. Vous n'avez qu'à demander à l'Oncle Marty.

Elle trébucha sur le canapé – foutus pieds géants et maladroits – et tomba dessus.

Alors qu'elle luttait pour se relever, une tâche extrêmement difficile avec les secousses de l'avion, elle remarqua que Dmitri, au lieu de s'éloigner du gars qui tenait le fusil, se précipita vers lui pour l'affronter.

Héroïque ou stupide ?

Quoi qu'il en soit, elle se retrouva captivée et observa l'action se dérouler sous ses yeux.

Son nouveau mari effectuait des mouvements rapides. En un clin d'œil, il enserra le poignet qui tenait l'arme et le força à viser au-dessus de sa tête. Avec son autre bras, il tira le pirate de l'air vers lui pour tenter de l'étouffer.

Agissant comme sa jumelle, Teena ne put s'empêcher de hurler :

— Vas-y, attrape-le !

Dmitri lui répondit par un grognement alors que lui et l'homme armé dansaient maladroitement. Ils luttaient tous les deux pour reprendre le contrôle de la situation, mais l'espace étroit et les secousses brutales de l'avion jouaient contre Dmitri.

Je devrais l'aider. Mais comment ?

Le flingue. Si elle parvenait à prendre le pistolet, cela permettrait d'égaliser le combat.

Se relevant, elle tendit les bras et plia les genoux, remontant l'allée entre les sièges moelleux.

Comme un bateau qui tangue, l'avion roula et plongea. De quoi faire vomir une fille. Mais au vu des nombreux voyages que Teena avait effectués et qui avaient eu des problèmes – comme le ferry qui avait été frappé par une tempête soudaine et avait pris l'eau ou l'hélicoptère qui avait été heurté par un énorme pélican et avait dégringolé – elle avait appris à ne pas régurgiter ce qu'il y avait dans son estomac.

Atteignant les deux hommes qui luttaient, elle dut monter sur un siège alors qu'ils grognaient dans sa direction. Mais cette hauteur supplémentaire fut parfaite, car avec ses deux mains elle put attraper le pistolet que le gars venait de relâcher après qu'elle se soit penchée en avant en mordant quelques-uns de ses doigts.

— Salope ! hurla le pirate de l'air, ensanglanté.

— Je t'interdis d'insulter ma femme ! beugla Dmitri.

Il mit son poing en arrière et cogna le type au visage. Une fois, deux fois.

Le pirate de l'air tituba, le regard vide, mais lorsqu'il cligna à nouveau des yeux et retrouva sa lucidité, il la vit et s'élança.

Elle couina et l'esquiva, s'écartant sur le côté.

— Aaaaaaaaah !

Le cri du gars devint de plus en plus faible alors qu'il tombait de l'avion.

Se mordant la lèvre, Teena ne put s'empêcher de dire :

— Oups. Je ne voulais pas en arriver là.

Dmitri afficha un air rayonnant.

— Magnifique, petit chaton. Maintenant, occupons-nous du pilote.

Sauf que le pilote ne voulait pas que l'on s'occupe de lui. Émergeant du cockpit, un parachute accroché à son dos et des lunettes de protection cachant ses yeux, le pirate de l'air pointa une autre arme sur eux.

— Deux pistolets dans mon avion ?! s'exclama Dmitri. Qui diable a soudoyé mes fonctionnaires ? C'est totalement inacceptable.

— Ne vous approchez pas de moi, dit le pilote en se dirigeant vers l'ouverture.

— Je ne peux pas vous laisser sauter, dit Dmitri en secouant la tête. Alors, retournez là-dedans et pilotez l'avion. Si vous m'écoutez maintenant, peut-être que je ne vous tuerai pas ensuite quand je vous interrogerai pour savoir qui vous a payé pour faire ça.

— Va te faire foutre.

Sur ces mots, le pilote plongea vers l'ouverture et Dmitri ne fut pas assez rapide pour le retenir.

Il murmura un juron en Russe.

Tellement vulgairement sexy, mais cela n'aidait pas beaucoup.

— Ce n'est pas le moment de se plaindre. Nous devons agir.

Sauf qu'il ne bougea pas.

— Pourquoi n'es-tu pas en panique ? lui demanda-t-il.

Elle haussa les épaules.

— Quand tu as été à bord d'un ferry qui a chaviré, dans un avion dont le train d'atterrissage était bloqué et dans un bus dont les freins ont lâché, ce genre de situation me paraît presque normale. Je t'avais prévenu que les ennuis me suivaient toujours.

— Alors que moi, la chance m'adore. N'aie crainte, petit chaton. Nous allons nous en sortir.

Vu son air confiant, cela ne pouvait dire qu'une seule chose.

— Tu sais où trouver d'autres parachutes ?
— Non. Celui que portait le pilote a dû être amené à bord.

Ils eurent tous les deux la même idée en même temps, mais elle parla en premier.

— Et qu'en est-il du gars qui est tombé ? Il en avait peut-être un.

Ils ne pouvaient pas être à deux dans l'encadrement de la porte. Étant une dame, elle laissa Dmitri regarder à l'intérieur. Il ressortit avec un sourire triomphant.

— Victoire ! cria-t-il, le parachute pendant de sa main.

Peut-être qu'ils survivraient après tout. *Il y a de l'espoir, peut-être que je ne mourrai pas vierge !*

Les sangles du parachute avaient besoin d'être desserrées et elle s'occupa d'un côté pendant qu'il faisait l'autre. Pendant ce temps, le vent sifflait à travers l'ouverture.

Au moment même où il s'exclama :

— Je crois qu'il est assez desserré pour que je puisse l'attacher !

L'avion, sans équipage, et sur une sorte d'autopilote, vacilla fortement. Teena chancela, agitant les bras en l'air, l'aspiration de l'ouverture l'attirant vers elle.

— Hiiii !

Elle ne put s'empêcher de couiner de peur.

Mais Dmitri ne comptait pas la laisser tomber – et encore moins à plus de mille mètres, là où un atterrissage serait plus synonyme de funérailles que de lune de miel. Ses mains saisirent les siennes et la ramenèrent au centre de l'avion, en sécurité.

Il m'a sauvée. C'était tellement romantique.

Sauf qu'en la sauvant, il avait laissé tomber le parachute par terre. Teena aurait pu prédire ce qui allait se passer ensuite. L'avion décida de basculer à nouveau et leur seul et unique espoir, glissa par la porte ouverte.

Merde.

CHAPITRE TREIZE

Le visage horrifié de Teena fit presque rire Dmitri. Cependant, ce n'était pas le moment de plaisanter. Plus tard, autour d'une vraie vodka russe et devant un feu de cheminée, ils pourraient rire de cette succession de malheurs. Puis, ils feraient l'amour.

Grrr.

Mais d'abord, la survie.

Franchissant la porte défoncée pour entrer dans le cockpit, Dmitri bloqua devant ces myriades de boutons, cadrans et lumières clignotantes. Pourquoi ne pouvait-il pas simplement repérer celle qui indiquait : « Appuyez ici pour faire atterrir ce foutu avion » ? Tout ce qu'il voulait, c'était de pouvoir piloter ce fichu truc assez longtemps pour pouvoir atterrir sans s'écraser et exploser, telle une boule de feu.

Était-ce si compliqué ?

Il s'assit sur un siège et fit l'erreur de regarder par la fenêtre principale. L'avion était bien au-dessus des nuages et avançait rapidement. Ils semblaient se diriger vers le bas et soit ils s'écraseraient sur le sol, soit sur cette montagne qui grossissait à vue d'œil.

Des difficultés assez éprouvantes. Parfait. Leur sauvetage serait d'autant plus impressionnant quand il le raconterait – avec lui dans le rôle du héros, bien évidemment.

Le visage toujours aussi pâle, Teena pencha la tête dans le cockpit et cria pour se faire entendre par-dessus le bruit du vent et de l'avion.

— Est-ce que tu sais comment piloter ce truc ?! demanda-t-elle.

Un homme n'avouait jamais sa défaite.

— Plus ou moins. J'ai regardé de nombreux films sur les avions.

— Oh, mon Dieu, on va mourir.

— Fais-moi un peu confiance. Je ne laisserais pas mon épouse mourir vierge. Maintenant, je te suggère de mettre ta ceinture. Ça risque de bouger un peu.

— Pourquoi voyager n'est jamais simple ? grogna-t-elle en s'asseyant sur le siège à côté de lui et mit sa ceinture pendant qu'il étudiait tout ce charabia devant lui.

Il n'avait aucune idée de ce que tous ces fichus machins signifiaient. L'indicateur de vitesse paraissait assez intuitif, la rotation entre les deux réacteurs l'était un peu moins et le cadran portant l'inscription : « gyro directionnel » lui faisait penser à un plat qu'il avait un jour mangé au déjeuner.

— Qu'est-ce que tu comptes faire ? demanda-t-elle, l'observant pendant qu'il étudiait les commandes.

— Comme nous n'avons pas le temps de lire le manuel d'instructions, et étant un homme, je ne crois pas vraiment aux consignes, je crois que je vais devoir improviser et voler de mes propres ailes.

Il attendit qu'elle rigole à son jeu de mots.

Trop subtile ? Ou trop tôt ? OK, ce n'était pas vraiment le moment de faire preuve de légèreté. La montagne semblait remporter la course pour ce qui était de : sur-quoi-allons-nous-nous-crasher-en-premier. Il était temps de faire quelque chose. N'importe quoi.

Parmi le fouillis du cadran, les lumières clignotantes et les boutons, il reconnut une chose : un volant.

Ses gènes masculins se manifestèrent lorsqu'il attrapa ce dernier et la bande-son de Top Gun résonna dans son esprit. Quand il l'avait regardé, il était du côté ennemi, car cela rendait sa sœur folle, notamment parce qu'elle avait le béguin pour Tom Cruise jusqu'à ce qu'elle découvre à quel point il était vieux dans la vraie vie.

Comme la montagne se profilait à l'horizon, il tira fort sur le volant. L'avion trembla et quelque chose de métallique crissa alors que l'appareil essayait de se positionner à la verticale. Merde. Il poussa le volant vers le bas, trop fort une fois de plus, et Teena hurla lorsqu'ils se mirent à plonger, le nez de l'avion se dirigeant tout droit vers le sol.

Doux. Je dois être doux.

La force brutale n'était pas la bonne façon de piloter ce truc. Gardant cela en tête, il tira à nouveau le volant, doucement cette fois-ci. Au début, il se demanda si cela fonctionnerait, mais petit à petit, leur angle de direction se corrigea, jusqu'à ce que l'appareil soit à peu près droit, mais ce dernier vacillait toujours et se dirigeait tout droit vers la chaîne de montagnes.

— Hum, Dmitri.

— Je sais, je les vois.

Doucement, il tira sur la roue, orientant leur ascension, mais la montagne approchait toujours aussi rapidement. Il continua de repositionner l'avion et sentit des gouttes de sueur perler sur son front.

Lui, nerveux ? Jamais. Comme il n'admettrait jamais qu'il retenait son souffle lorsqu'ils franchirent le sommet de la première crête.

— Haha. Tu vois. Rien de grave.

Avant qu'elle ne puisse répondre, la radio crachota :

— Chasseur de têtes à Croc. Vous volez trop bas. À vous.

Dmitri chercha un bouton pour leur répondre, mais en vain.

— Putain, comment je fais pour répondre ?

— Répondre ? Tu es fou ou quoi ?

— Seulement d'un seizième du côté de ma mère. Même si apparemment, il y a quelques névroses aussi du côté de mon père.

— C'était une question rhétorique.

— Ma réponse ne l'était pas. Bon, où est le transmetteur ? Je suis d'humeur à parler à la personne responsable de tout ça.

— Pas de bavardage pour toi. Toi, mon cinglé de mari, tu dois te concentrer sur le pilotage de ce machin. Je m'occuperai de nos interlocuteurs.

Teena tira un combiné relié à un câble entortillé de son côté du tableau de bord.

— Chasseur de têtes ici Lionne en Colère. Croc est indisposé. Terminé.

Dmitri aurait pu l'embrasser pour son sang-froid et sa

non-hystérie. Il aurait pu la séduire en la voyant être si calme et sexy. Il pouvait complètement tomber amoureux d'elle, car elle était parfaite.

— Qu'est-il arrivé à Croc ? Qui est-ce ?

— Ici Lionne en Colère et puis-je également ajouter que vous avez choisi de détourner le mauvais avion ?

Et pour appuyer ce qu'elle disait, et parce que c'était très rigolo, Dmitri tendit la main et demanda à ce que ce soit son tour. Elle n'était pas la seule à aimer menacer.

Elle lui tendit le combiné.

Appuyant sur le bouton qui se trouvait sur le côté, il prit une voix grave – celle que sa sœur appelait : « Oh merde. J'espère que t'as fait ton testament. » – et Dmitri dit :

— Ici la Mort. Cours. Cours vite et loin parce que je vais venir te tuer.

Puis, il raccrocha.

Il s'attendait à ce que la personne rappelle ou rétorque, mais la ligne de communication resta inoccupée.

Avant qu'il ne puisse décider si c'était une bonne chose ou non, Teena lui dit :

— Tu penses que c'était une bonne idée ?

— Il est juste d'avertir ma proie que j'arrive. Au moins, cela permet de faire un peu de sport.

— Mais tu ne sais même pas de quoi était capable ce type.

— S'il était de mèche avec ceux qui nous ont kidnappés, alors il est coupable par association. Je ne tolère aucune menace envers moi et surtout pas envers ma femme.

— Toi et mon père avez beaucoup en commun.

Argh, elle le comparait à son père. Exactement ce dont rêvait chaque amant potentiel.

Sur le point de rétorquer, il ravala ses paroles quand l'avion se pencha soudain. Puis le pare-brise se fissura quand quelque chose le heurta.

— Bon sang, quelqu'un nous tire dessus !

Les ennuis qui les accablaient ne cesseraient-ils donc jamais ? En tant qu'homme, il aimait quand il y avait un peu d'action et d'aventure pour faire circuler le sang, mais là, ça frisait le ridicule. Comment était-il censé courtiser convenablement sa femme et coucher avec elle si c'était constamment la merde ?

D'autres projectiles les frappèrent, du moins c'est ce qu'il supposa en entendant un changement de bruit dans le moteur. Une légère odeur de fumée lui parvint et les voyants sur le tableau de bord devinrent fous, tournant, clignotant, envoyant, de manière générale, un message plutôt négatif.

— Je pense que nous devrions atterrir, suggéra-t-elle.

Et il était d'accord.

— Atterrir ? Pas de problème. Tiens bon, petit chaton. Ça risque de secouer un peu.

CHAPITRE QUATORZE

Apparemment, sa vision de « ça risque de secouer un peu » n'était pas la même que la sienne.

Alors que Dmitri orientait l'avion vers le bas, l'air lui-même semblait se battre contre eux. L'appareil se tordit, vacilla, fut secoué, mais elle pouvait supporter toute cette agitation. C'était surtout le spectacle qu'offrait la cime des arbres vers lesquels ils se dirigeaient, visibles même à travers le pare-brise fissuré, qui la fit s'agripper fermement à son siège.

Il n'y avait aucun endroit pour atterrir. Les arbres étaient partout, leurs sommets étaient hauts et denses. Il n'y avait pas la place pour un petit avion et ses occupants.

Mais ils n'avaient pas le choix. L'odeur de fumée devint plus forte, le grincement des moteurs était presque douloureux.

Le ventre de l'appareil plongea encore plus bas, assez bas pour racler la pointe des plus grands conifères. Il traîna et brisa les cimes de certains. Heureusement qu'elle portait une ceinture, car la forêt semblait déterminée à les revendiquer, leur vitesse allant d'une ruée rapide à quelques rebondissements, des secousses, un ralentissement.

Sa tête se cogna de tous les côtés et elle ne put retenir quelques cris. Mais crier était une bonne chose. Cela voulait dire qu'elle était toujours en vie, pour le moment.

Quand ils s'arrêtèrent enfin de façon abrupte, il lui fallut quelques instants pour relâcher son souffle. Était-ce terminé ? Avaient-ils vraiment survécu ?

Elle ouvrit un œil et regarda autour d'elle. Elle remarqua l'apparition de branches derrière la vitre centrale. Les arbres avaient amorti leur chute.

— On a réussi ? ne put-elle s'empêcher de demander d'un air surpris.

— Évidemment que l'on a réussi, annonça Dmitri avec une assurance désinvolte. Je t'avais dit que j'étais chanceux.

Crack.

— Évidemment il fallait que tu tentes Murphy, n'est-ce pas, grommela-t-elle.

— Je ne sais pas qui est ce Murphy, mais je lui crache dessus moi !

L'avion entier trembla et gémit en se penchant.

Heureusement qu'elle était toujours attachée, car désormais, l'avion s'inclinait de manière très prononcée vers le sol.

— Euh, Dmitri. Comment allons-nous sortir de là ? demanda-t-elle, observant le flanc de la montagne qui s'étendait sous eux, une pente recouverte de neige avec des bosses blanches, des monticules gris et des arbres qui la bordaient.

Si elle avait été en train de skier, elle aurait adoré cette piste immaculée. Mais elle n'avait essayé qu'une seule fois. L'avalanche qui l'avait suivie avait suffi à la convaincre que ce n'était pas un sport pour elle.

— Je crois, petit chaton, que nous devrions peut-être essayer de ne pas bouger.

— Et en quoi cela va-t-il aider ? demanda-t-elle alors que l'avion grinçait et s'inclinait un peu plus vers l'avant.

— Ça ne nous aidera pas, mais tu devrais profiter de ces dernières secondes qu'il nous reste pour prendre une grande inspiration et t'accrocher, parce que je crois que nous sommes partis pour faire un petit tour.

Avec un gémissement, l'avion s'inclina un peu plus et des branches craquèrent. Les bois qui, à l'origine, avaient amorti leur chute et les avaient sauvés ne les voulaient apparemment plus. Ils furent jetés sur le flanc de la montagne.

Et qu'est-ce que Dmitri leur conseillait de faire ? OK, tant pis pour les conseils, à la place, il cria :

— Youhouuuu !

— Tu es dingue ! hurla-t-elle en regardant d'un air horrifié le paysage qui se précipitait sous leurs yeux.

— Pas dingue. Russe.

Et oui, il lui répondit avec un sourire. Elle le vit car elle ne pouvait pas s'empêcher de regarder son mari complètement fou.

Puis elle continua de l'observer parce qu'il était bien plus agréable à regarder que la gravité de la situation alors qu'ils descendaient la montagne à une vitesse folle.

De la luge de l'extrême, celle que sa sœur aurait totalement adoré mais Teena s'en serait bien passée. Le cliquetis de sa mâchoire et les bonds sur la neige étaient insupportables, mais ce qui l'inquiétait le plus, c'était l'arrêt.

Heurteraient-ils quelque chose d'assez gros pour les stopper ? S'envoleraient-ils d'une falaise pour ensuite plonger vers la mort ou bien cogneraient-ils le bas de la pente pour glisser en roue libre jusqu'à ce qu'ils s'arrêtent ?

Rien de tout ça.

Après une course folle qui secoua son cerveau, la pente s'aplanit et ils se précipitèrent vers ce qui semblait être un vaste espace dégagé. Sauf que ce n'était pas une clairière enneigée. Le lac sur lequel ils tournoyèrent formait une patinoire presque parfaite, il n'y avait pas de neige au centre, car le vent l'avait repoussée contre les berges.

L'avion s'arrêta net et Teena osa à nouveau respirer.

— Je n'y crois pas. On l'a fait. On est en vie ! On est...
– *Crack. Foutu Murphy* – dans la merde !

CHAPITRE QUINZE

Un gros mot dans la bouche de son petit chaton ? Quelle indécence, et il aurait pu embrasser ses lèvres très, très sales si seulement la situation avait été un peu plus prometteuse.

Les félins détestaient l'eau, notamment les eaux froides de l'Arctique, c'est pourquoi Dmitri n'avait pas envie d'imaginer ce qui se passerait si l'avion traversait la glace. Il voyait bien que Teena comprenait le dilemme auquel ils faisaient face, mais son courageux petit chat, à part ce juron vulgaire, gérait bien la pression.

— Je pense que nous devrions peut-être quitter l'avion, dit-il.

Malgré la fissure, l'odeur de fumée n'avait pas diminué et tout le monde savait qu'il n'y avait pas de fumée sans feu. La chaleur provoquée par un incendie n'aiderait pas leur situation.

Mais la glace fondue n'était qu'un problème parmi d'autres. Malgré son optimisme habituel, Dmitri était légèrement inquiet sur ce qui se passerait si les flammes parvenaient à atteindre le carburant.

Dmitri aimait regarder les feux d'artifice, et non pas en faire partie.

— Quitter l'avion ? Pourquoi n'y ai-je pas pensé ? grommela-t-elle en détachant sa ceinture.

Elle se leva puis se figea quand un gémissement fit trembler l'appareil.

— Est-ce une façon peu subtile de la part de ton pays de me dire que je devrais perdre du poids ?

— Jamais. Tu es parfaite comme tu es. Cependant, il faudra aller à la pêche aux compliments un peu plus tard, petit chaton. Je crois bien qu'il faut se dépêcher.

— Et toi ? Pourquoi n'enlèves-tu pas ta ceinture ?

— N'aie crainte, chère épouse, je te suivrai. Mais je pense qu'il vaut mieux ne pas rajouter plus de poids que nécessaire en une fois, car on ne sait pas quelle partie de l'avion risque de plus briser la glace.

Pendant un moment, elle hésita, regardant la porte, le pare-brise, puis lui. Elle fit un pas vers la porte, s'arrêta et pivota, se penchant pour déposer un baiser rapide sur ses lèvres.

Puis elle s'enfuit, la chaleur persistante de ce baiser qu'elle venait de lui donner le faisant sourire bêtement.

Comme pour le narguer, l'avion trembla.

— Tiens-toi bien, lui dit-il en Russe. Ce n'est pas mon heure.

Pas tant qu'il n'avait pas encore goûté aux plaisirs nubiles de son épouse.

Mon épouse. Une femme qui avait failli mourir à plusieurs reprises au cours de la même heure. Rien de mieux pour se sentir accueillie dans son pays que de se retrouver dans un avion détourné, que quelqu'un pointe son arme sur vous, d'être à deux doigts de tomber d'un avion, de se crasher, puis de glisser sur de la glace fine. Mais, ce qui était positif dans tout ça, c'est qu'ils avaient survécu. Mais ils étaient loin d'être en sécurité.

Le froid s'infiltra, ce prédateur insidieux et invisible cherchant à se frayer un chemin jusqu'à ses os et si lui, un natif de cette terre, le sentait, qu'en était-il de son petit chaton délicat ?

Il l'entendit crier par-dessus le ronflement du moteur :

— Je suis dehors et je me dirige vers le rivage !

Il était temps pour lui de procéder à sa fuite. Il fallait qu'il survive s'il voulait garder Teena en vie.

Et il fallait qu'il sorte d'ici s'il voulait se venger. Des têtes allaient tomber.

C'est l'heure de jouer, gronda son tigre.

Plus tard, Dmitri riposterait, s'il y avait vraiment un plus tard. Faisant de petits pas, il déplaça sa silhouette lourde par la porte inclinée puis retint sa respiration quand il sentit le sol bouger sous ses pieds.

La lumière vive qui brillait à travers l'ouverture sur le côté l'appelait. Cependant, dehors se trouvait cette connasse frigide avec ses doigts de glace qui aimait attirer l'homme imprudent et mal préparé vers son étreinte mortelle.

Il nous faut plus de vêtements. Ce qui voulait dire qu'il devait réussir à atteindre leurs bagages.

Sauf que la zone de chargement arrière n'existait plus. À l'arrière de l'avion, l'espace vide était comblé par le ciel bleu. Il n'y aurait donc pas de couche supplémentaire pour eux.

Merde.

Dmitri scruta l'intérieur de l'avion et repéra son téléphone sur un fauteuil, coincé entre le coussin du siège et du dossier. Il le mit dans sa poche avant de soulever un rembourrage et d'y trouver un espace de rangement et une paire de couvertures bien pliées. Il les saisit et laissa le couvercle de la cavité se refermer en claquant.

Crack. Gémissement. Tremblement.

Il n'avait plus beaucoup de temps devant lui. Les couvertures en main, il se précipita à l'arrière de l'avion, notamment parce que l'avant semblait déterminé à se pencher vers la glace. Luttant contre l'inclinaison croissante, il courut les derniers mètres vers l'ouverture déchiquetée et sauta. Il poussa sur ses jambes, s'agitant dans les airs et se propulsant vers l'avant.

Regardez-moi. Je vol...

Humph. Il heurta la glace et se replia immédiatement pour rouler, ce qui était une bonne chose, car la plaque de glace sur laquelle il avait atterri se souleva et se brisa. À vrai dire, le lac entier semblait déterminé à se fragmenter en plusieurs morceaux. Il put entendre le bruit inquiétant des fissures sur la paroi gelée qui s'étendaient, se propageant à la vitesse de l'éclair, l'eau glacée cherchant à avaler cette peau qui la recouvrait et tout ce qu'elle pouvait attraper.

Elle ne m'aura pas.

Dmitri courut aussi vite qu'il le put, les jambes battantes et l'adrénaline à son comble. Jusqu'à présent, il avait eu de la chance, les légères aspérités sur la glace et son très bon équilibre l'empêchaient de glisser. Mais dès qu'il se mit à y penser, son pied rencontra une surface lisse et glissa sur le côté. Cela lui fit complètement perdre son équilibre.

Heureusement pour lui, il ne s'écrasa pas par terre. Un certain chaton attrapa sa main en l'air et lui offrit assez de contrepoids pour lui éviter de tomber la tête la première.

Il parvint à atteindre la rive, ou du moins l'épais banc de neige. Respirant avec difficulté, il prit le moment d'examiner le lac, juste à temps pour voir la queue dentelée de l'avion s'enfoncer sous la surface.

— Je crois que je vais devoir acheter un nouvel avion.

— Nous sommes coincés au milieu de nulle part, sans habits, sans provisions, rien et toi tu t'inquiètes de devoir racheter un nouveau jouet ?

Enroulant ses bras autour d'elle, son chaton tremblait, ses lèvres étaient mauves, une couleur qui ne lui allait pas.

— Mets ça.

Il jeta la couverture autour de ses épaules, mais ce n'était pas assez pour combattre le froid. Il fallait qu'il leur trouve un refuge et rapidement.

Serrant sa main dans la sienne, il la tira loin du bord de l'eau. Étant désormais à l'air libre, ils étaient exposés à des rafales de vent. Il valait mieux qu'ils aillent se réfugier vers les arbres. Au moins, là-bas, il pourrait peut-être leur faire du feu.

Et la fumée ? Nos ennemis nous pourchassent.

Excellente remarque. Il ferait un grand feu pour leur montrer le chemin. Il avait vraiment envie de parler à ceux qui avaient fait crasher son avion. Les Cessna n'étaient pas donnés.

Claquant des dents, bougeant lentement sa silhouette, la pauvre Teena fit de son mieux pour suivre ses grandes enjambées.

Dmitri sentait le froid, peut-être pas autant qu'elle, mais suffisamment pour savoir ce qu'il fallait faire. Il se stoppa net, alors qu'elle continuait de faire quelques pas, s'arrêtant finalement, seulement parce que sa main tenait la sienne.

— T-tu-f-ffais-qu-quoi ? bredouilla-t-elle de manière presque incohérente.

— Je te donne un aperçu de la marchandise, répondit-il en enlevant sa veste de costume. Il desserra sa cravate et la retira de son cou. Puis, il enleva sa chemise, mettant à nue son torse.

— S-st-stu-p-pide.

— Pas vraiment. Tu verras.

Il retira la couverture de ses épaules, puis lui fit enfiler sa chemise.

Elle tenta de protester.

— Non.

Il l'ignora et lui remit le manteau et les couvertures sur les épaules. Il enroula sa cravate autour de ses oreilles, protégeant ses lobes délicats. Il commença ensuite à enlever son pantalon. Cela l'amusa de remarquer que son épouse tournait la tête sur le côté et refusait de regarder. Dommage qu'elle ait si froid. Il aurait adoré voir le rouge sur ses joues.

L'aidant, il lui fit enfiler son pantalon par-dessus le

sien, puis ses chaussettes, mais elle garda les chaussures de course qu'elle portait.

— Quand j'aurai terminé de me transformer, je veux que tu montes sur mon dos et que tu t'accroches bien.

Il embrassa ses lèvres froides au moment où elle sembla vouloir le contredire.

Nu, Dmitri ne garda pas sa peau humaine très longtemps. Il se transforma, son lui poilu bondissant en avant, s'occupant de la métamorphose. La fourrure jaillit, les os craquèrent et se reformèrent.

Certains disaient que cela faisait mal. Des mauviettes. Dmitri se délectait de la force de sa bête intérieure.

Son tigre de Sibérie avec son pelage soyeux, sa crinière blanche et duveteuse autour de la tête et ses impressionnantes rayures, se libéra en rugissant.

Froid ? Il ne fait pas froid. Son félin se moqua de la température, et c'était justifié étant donné qu'il était fait pour les hivers russes.

Il était aussi un putain de gros félin, assez grand pour jouer au poney avec sa femme frileuse. Il n'eut pas besoin d'insister pour qu'elle le chevauche. Elle se coucha sur son dos, ses bras autour de son cou, ses cuisses enserrant ses côtés. Une fois qu'elle fut positionnée, il s'élança.

Et elle tomba.

Oups.

Elle parvint à glousser en s'asseyant dans la neige.

— J'imagine que monter un tigre n'est pas la même chose que monter un cheval.

Elle réussit à parler sans bégayer autant qu'au début, ses couches supplémentaires aidant un peu.

Il souffla.

Elle grimpa à nouveau sur lui, cette fois-ci en se tenant plus fermement pendant que lui adoptait un rythme plus lent. Cela fonctionna. Elle parvint à rester à bord. Elle enfouit son visage dans la fourrure qui recouvrait sa tête.

Même si le son était étouffé, il parvint quand même à la comprendre.

— Tu as une mini crinière, je croyais que seuls les lions en avaient.

Les crinières de lions n'étaient pas aussi douces et pelucheuses que la sienne.

— N'y a-t-il pas une légende qui raconte l'histoire de cette fille qui chevauche un tigre dans la jungle et où ce dernier revient ensuite sans elle, un sourire aux lèvres ?

Si. Effectivement. Mais il lui expliquerait cette légende coquine plus tard. *Ou bien, peut-être que je lui montrerai même.*

La forêt ne leur apporta pas une chaleur instantanée quand il l'atteignit. Cependant, elle aida à atténuer ce vent froid qui tentait de leur voler leur chaleur corporelle.

La neige complotait contre lui, aspirant ses pattes, rendant chaque foulée difficile. S'il avait été seul, il aurait pu sauter et bondir pour éviter les endroits où les couches étaient plus épaisses, mais avec Teena sur son dos, il ne pouvait que continuer son chemin.

Il fallait qu'il leur trouve un endroit, un refuge où il pourrait leur faire du feu, les défendre et éventuellement attirer quelqu'un qui pourrait les ramener à la civilisation.

On pourrait aussi manger un bon lapin juteux.

Son tigre était toujours très pragmatique et pensait constamment à son estomac qui grondait.

Les bois devinrent plus clairsemés quand un monticule rocheux s'éleva du sol. Sa surface rugueuse se moquait de la neige qui tentait de s'accrocher à sa paroi, mais mieux encore, au trois-quarts de l'ascension, Dmitri aperçut une corniche et une crevasse sombre. Une grotte même, s'il était chanceux.

Mais il ne pouvait pas l'escalader avec elle sur son dos. Comme si elle avait perçu son dilemme, elle glissa et se mit debout.

— Est-ce qu'on escalade tous les deux ou bien tu veux d'abord vérifier en premier ?

Dmitri commençait vraiment à se dire qu'il était amoureux de cette femme. Et il n'avait même pas encore couché avec elle !

Elle faisait preuve de sang-froid et possédait un esprit vif qui lui plaisait. Elle n'avait pas besoin qu'on lui explique mille fois les choses – contrairement à sa maudite sœur dont le mot préféré était « pourquoi » – elle ne pleurnichait pas – comme sa mère qui se plaignait toujours de n'être jamais montée sur scène – et elle ne le menaçait pas de le tuer – comme sa grand-mère qui n'avait jamais rencontré de problème que la violence ne résoudrait pas.

Avec un reniflement rapide pour s'assurer que rien de dangereux n'était tapi quelque part, Dmitri se mit à escalader le monticule rocheux.

La course à pied – ou bien la course à patte, il n'était jamais sûr avec cette langue – s'avéra dangereuse. Il se sentit glisser à quelques endroits, mais il se rattrapa.

Il ne voulait pas avoir l'air stupide devant sa nouvelle épouse.

Atteignant le sommet qu'il avait vu depuis le sol, il baissa les oreilles et écouta. Rien. Il renifla à nouveau et ne sentit rien de frais. L'obscurité qu'il avait remarquée était effectivement une brèche. Il se faufila en silence, de façon furtive au cas où la grotte ait déjà un propriétaire.

Habituellement, à cette période de l'année, les ours dormaient, mais cela ne voulait pas dire qu'ils ne se réveilleraient pas avec la bonne impulsion, si nécessaire.

La grotte s'avéra plus grande que ce qu'il aurait espéré, s'étendant sur plusieurs mètres et étant assez haute pour qu'il puisse presque s'y tenir debout. Même s'il remarqua quelques débris dans le fond, un mélange de feuilles, de brindilles et de petits ossements d'animaux, il n'y avait rien de récent, ce qui signifiait qu'ils pourraient se reposer en toute sécurité et se réchauffer.

Il se retourna, et s'il n'avait pas été sous sa forme de tigre, il aurait peut-être glapi.

En vérité, son tigre lâcha, telle une mauviette, un : « Miaou ! » de surprise.

— Coucou ! Je t'ai suivi, expliqua sa femme, qui l'avait talonné avec succès.

CHAPITRE SEIZE

Si un tigre pouvait avoir l'air surpris, alors ce fut le cas de celui de Dmitri. Elle ne put s'empêcher de rire.

— J'imagine que, comme je portais tes vêtements, tu ne m'as pas senti arriver. Trop drôle.

Ses yeux bleus ne semblaient pas amusés.

Et quelques secondes plus tard, elle ne le fut plus non plus.

Un Dmitri complètement nu se retrouva face à elle. Délicieusement incroyable. Des muscles impressionnants recouvraient ses bras et sa poitrine large et impressionnante. Son torse s'affinait au niveau des hanches et il avait un V très intéressant qui menait vers...

Oh, mon Dieu. Elle détourna le regard et réalisa soudain qu'il était en train de lui parler.

— Tu as entendu ce que je viens de te dire ?

Devait-elle mentir ?

— Non.

Peut-être que c'était à cause du froid ou parce qu'elle

avait failli mourir quelquefois, mais elle décida soudain d'être honnête.

— J'ai été distraite par ton corps.

Il bomba le torse et elle remarqua le duvet qui s'y trouvait. Elle faillit le toucher.

— Même s'il est compréhensible que tu aies été distraite et que ce soit appréciable, car je pourrais y faire référence plus tard, je dois souligner que se faufiler derrière un prédateur de mon envergure est imprudent et dangereux. Ne recommence pas. J'aurais pu accidentellement te blesser.

Elle ricana.

— Même si je ne suis pas aussi coriace que ma sœur, je t'assure que je ne suis pas une fleur délicate.

— Si, tu l'es.

— Non, je ne le suis pas.

— Si. Tu. L'es, lui dit-il en lui jetant un regard noir.

Elle pinça les lèvres. Pourquoi discutait-elle exactement ?

— Oui, c'est vrai, dit-elle en souriant.

Bizarrement, le fait d'être d'accord avec lui le surprit beaucoup.

— Petit chaton, tu es constamment en train de me surprendre.

— C'est une bonne chose, j'espère.

— La meilleure qui soit.

Il fit un pas en avant, et le fait qu'il se tienne là, nu, dans une grotte glaciale, tout en émettant encore de la chaleur, la déconcerta. Elle s'avança vers lui, la chaleur de son corps étant comme une attraction gravitationnelle, l'intérêt ardent dans ses yeux était une promesse qui faisait bouillir son sang, la vibration dans sa poche une distraction qui n'était pas la bienvenue.

— Pourquoi est-ce que le pantalon que tu m'as donné vibre comme ça ? demanda-t-elle, baissant les yeux sur sa cuisse.

— Mince. J'ai oublié que j'avais mis mon téléphone là.

Il se mit à la peloter, non pas avec une intention érotique, malheureusement, mais en quête de son portable qu'il sortit d'une poche avec un « Haha ! » triomphant, au moment où ce dernier arrêta de vibrer.

— Le réseau et ma batterie sont faibles, remarqua-t-il, le tenant en l'air et l'observant. Je suis d'ailleurs surpris que nous ayons un semblant de réseau dans cette grotte.

Teena était prête à parier que d'habitude il n'y avait aucun réseau disponible, mais comme Murphy était déterminé à la faire mourir vierge, elle ne fut pas surprise que ce dernier ait changé les règles afin de les interrompre avec cet appel.

Mais en revanche, ce qui la choqua, c'était que Dmitri retourna vers l'entrée de la grotte et resta au bord, nu, face au vent qui soufflait.

— Qu'est-ce que tu fais ?

— J'appelle chez moi, évidemment. Je n'ai qu'une seule barre de réseau, mais avec un peu de chance, c'est assez pour... Sasha ! Ma sœur préférée. Oui, oui, je sais que tu es ma seule et unique sœur, mais ça ne veut pas dire que tu n'es pas ma préférée.

Il marcha le long du petit rebord tout en parlant, ses mains bougeant avec autant de dynamisme que son visage.

— Pourquoi est-ce que je parle en anglais ? Parce que d'une part, nous le parlons tous les deux et deuxièmement, je ne suis pas seul et ce serait impoli de discuter en russe, expliqua-t-il en penchant la tête sur le côté. Non, je ne suis pas entre les mains des ennemis ni en train de me faire torturer ni ivre.

Il leva ensuite les sourcils.

— Non, je n'aime pas ça. Je me suis roulé dans un champ d'herbe à chat une seule fois. Ça m'a servi de leçon.

Même si Teena n'entendait qu'une partie de la conversation, les réponses de Dmitri l'aidaient à imaginer celle-ci dans sa globalité.

— Oui, je sais, mon avion a disparu des radars. J'étais à l'intérieur quand il s'est crashé, précisa-t-il avec une grimace. Je suis évidemment en vie et étonnamment indemne. Je crois que ma nouvelle épouse me porte chance.

Waouh, il avait une drôle conception de ce qu'était la chance.

Un cri perçant lui fit écarter le téléphone de son oreille. Quand celui-ci s'arrêta, il reprit le téléphone pour poursuivre sa conversation.

— Oh, aurais-je oublié de mentionner mon mariage ? C'était une belle cérémonie intime. Non, il n'y avait pas d'armes, dit-il en souriant et en faisant un clin d'œil à Teena. Juste des drogues. Mais tu seras ravie d'apprendre qu'elle est totalement consciente désormais et est loin de demander le divorce ou de devenir veuve. Je crois qu'elle m'aime bien.

Teena ne put s'empêcher de pouffer de rire. C'était

vrai. Elle l'aimait bien. Il était taré. Impulsif. Complètement sexy. *Tout à moi.*

— Alors, avant que tu ne me harcèles à nouveau comme une poissonnière au marché – Je sais ce qu'est une poissonnière oui. Ce n'est pas parce que je ne fais pas mes courses au marché que je ne suis pas bien informé.

Il se tut et leva les yeux au ciel alors qu'un flot de paroles qu'elle ne pouvait pas comprendre jaillissait du téléphone.

— Sasha, écoute-moi un instant. Je ne sais pas combien de temps va survivre mon téléphone. J'ai besoin que tu viennes me chercher.

Il fit une pause, l'écoutant.

— Comment ça, où ? Je suis juste là.

Il ricana en entendant les propos rapides qui sortaient du téléphone. Quand ceux-ci ralentirent, il prit à nouveau la parole.

— Si je savais où j'étais, je ne serais pas perdu. Oui, je sais, je suis un petit malin. Mais qu'est-ce que tu veux que je te dise ? J'ai eu la chance d'hériter de la beauté et de l'intelligence de notre famille.

Aaah ! Sa sœur ne le prit pas à la légère.

Dmitri sourit, assez satisfait de lui-même.

— Sasha, assez de bavardages. Il faut que j'y aille. Je crois que je vois un ours. Ou bien est-ce un lion ? Grrr. Non, je plaisante. Mon épouse est une lionne et si tu localises le signal de mon portable et que tu viens nous chercher, tu pourras la rencontrer avant que Mère ne lui mette le grappin dessus, ou plutôt ses griffes. Au revoir, petite sœur.

Il raccrocha pendant qu'elle parlait, puis posa le téléphone sur une plateforme rocheuse à l'entrée de la grotte, probablement pour assurer le meilleur signal possible à leurs sauveteurs.

Elle décida de ne pas lui faire remarquer les failles de son plan en laissant le téléphone ici. Vu les antécédents de Teena, ils pouvaient s'attendre à ce qu'un oiseau l'arrache, qu'une forte rafale de vent l'emporte ou qu'un tremblement de terre soudain l'envoie s'écraser contre les rochers.

Pas besoin de détruire son optimisme pour le moment. S'ils étaient effectivement secourus, il aurait tout le temps de regretter de s'être marié avec elle et de découvrir à quel point sa malchance pouvait se propager.

Il fallait un homme assez spécial pour ignorer le fait que tout tournait toujours mal en sa présence.

— Maintenant que les secours sont en chemin – il se tourna vers elle et joignit ses mains l'une contre l'autre – que dirais-tu que je fasse un feu et commence à réchauffer mon épouse ?

Pour ce qui était de la réchauffer, elle avait plein d'idées. Et celles-ci n'impliquaient pas forcément de faire un feu.

— Je vais aller chercher du bois.

Une fois de plus, elle agit comme sa sœur avec son esprit mal tourné et baissa les yeux. Elle pouvait presque entendre Meena dire : « En voilà un beau morceau de bois ». Effectivement, les parties intimes de son mari semblaient très heureuses qu'elle les regarde. Face à ses yeux écarquillés, son érection s'épaissit, largement.

Peut-être trop largement pour... Elle se regarda, puis rougit devant son rire complice.

— N'aie crainte, petit chaton. Quand l'heure sera venue, il s'adaptera très bien. Confortablement. Parfaitement.

Elle déglutit.

Il le remarqua et... son sourire pouvait-il devenir encore plus diabolique ?

— Reste ici, à l'abri du vent, pendant que je vais chercher du petit bois.

— Mais tu es nu.

— Alors j'ai intérêt à faire vite.

Et il le fit, descendant le versant rocheux avec plus d'agilité que n'importe quel autre homme. Il brisa quelques branches et ne perdit pas de temps à faire la cueillette, leur craquement résonnant au milieu des bois silencieux.

Quand il revint, après qu'elle ait failli faire une crise cardiaque en le voyant sauter et se tenir en équilibre sur ses pauvres pieds nus, les bras chargés de bâtons, elle lui dit :

— Alors, combien de parties de ton anatomie vas-tu perdre avec les engelures ?

— Je n'ai qu'un seul membre qui est tout bleu, et ce n'est pas à cause du froid, rétorqua-t-il avec un clin d'œil.

Quel don il avait de tout sexualiser. Ou bien était-ce elle qui voyait des sous-entendus partout ?

Alors qu'il stockait les branches à l'entrée de la grotte, elle se demanda s'il était très malin de démarrer un feu.

— Ne devrions-nous pas nous inquiéter de ces gars qui ont abattu notre avion ? Avec la fumée ils risquent de nous trouver.

— Nous inquiéter ? Jamais.

— Tu crois qu'ils présumeront que nous sommes morts dans le crash ?

— J'espère que non.

— Pardon ?

Dmitri s'arrêta de positionner les branches. Il lui jeta un regard, la mèche de cheveux qui lui tombait sur le front lui donnait une élégance sauvage, malgré le fait qu'il soit agenouillé dans le froid glacial, complètement nu.

— Je m'attends à ce qu'ils nous poursuivent. Je veux qu'ils le fassent. Sinon, comment découvrirai-je l'identité de ceux qui ont eu le culot de m'attaquer ? Comment pourrai-je riposter ?

— Et s'ils sont plus nombreux que nous ou sont armés ?

— En tant qu'homme, j'aime relever des défis. Regarde dans ma poche, tu veux bien ? Normalement, je devrais avoir un porte-clés là-dedans.

Elle repéra le métal froid et le sortit. Dmitri le lui prit alors qu'il se dirigeait vers le fond de la grotte. Il revint, les bras croisés, tenant un tas de feuilles mortes et d'os fragiles. Il les jeta sur le bois avant de s'agenouiller à nouveau.

Un petit cylindre était suspendu à son porte-clés. Non, attendez, pas un cylindre, mais un briquet.

Dmitri releva le capuchon de sécurité du zippo au butane et l'alluma.

— Tu as un briquet sur toi ? Pourquoi ?

La plupart des métamorphes avaient beaucoup de respect pour le feu. Bien que la majorité vive désormais dans des habitations civilisées, dans le passé, ils avaient souvent fui devant l'appétit vorace des flammes. En raison de cette peur et de ce respect profond, les métamorphes gardaient généralement leurs distances avec celui-ci.

Pas Dmitri. Il agita la flamme sur les bâtons séchés dont la surface était humide à cause de la neige fondante.

— Haha, il est temps pour moi de divulguer mon petit secret. Quand j'étais plus jeune, je fumais des cigarettes. Ça rendait ma mère folle.

Elle fronça le nez.

— Beurk. Les cigarettes, ça pue.

— Seulement pour ceux qui n'en fument pas.

— Tu fumes toujours ?

— Plus maintenant.

— Tu as fini par faire attention à ta santé.

Il ricana.

— Non. Ça me manque, tous les jours. Mais j'ai perdu un foutu pari avec ma mère, et elle n'accepte aucune revanche.

— À quel jeu avez-vous joué ?

— Le Tigre Arrive[1], bien sûr. Je suis resté allongé sous la table sur laquelle on jouait pendant presque deux jours pour essayer de récupérer.

— Je n'arrive pas à croire que ta mère ait bu plus que toi.

— Et sans se mettre en danger en plus. Cette femme a été biberonnée à la vodka, dit-il avec beaucoup de fierté.

— Mais le fait de boire n'a rien à voir avec le fait de fumer, donc je ne comprends toujours pas pourquoi tu te balades avec un briquet.

— Parce que j'aime aussi mettre le feu, répondit-il

avec un clin d'œil. C'est quelque chose que tu découvriras en étant au lit avec moi.

— Pourquoi avons-nous besoin d'un lit ?

— Parce que je ne prendrai pas ta virginité comme un gamin impatient sur le sol d'une grotte sale.

Vu l'odeur qui imprégnait le lieu, elle comprenait son point de vue, mais quand même, ne pouvait-il pas improviser ?

— Et qu'en est-il du mur ?

Elle était prête à parier que cela n'arrivait pas souvent que Dmitri reste sans voix. Comme il était mignon avec sa mâchoire grande ouverte, totalement stupéfait.

— Le mur n'est pas un endroit convenable pour te dépuceler, lâcha-t-il finalement.

— Tu sais, de toutes les fois où ma sœur t'a maudit et insulté, elle n'a jamais mentionné le fait que tu étais prude.

— Je ne suis pas prude. Je suis simplement déterminé à faire de ta première fois une expérience mémorable.

— Et tu ne penses pas que coucher dans une grotte après que notre avion ait été abattu soit assez mémorable ? demanda-t-elle en levant un sourcil.

— Non, grogna-t-il.

Il tendit la main vers la flamme vacillante qui bataillait pour brûler le bois froid et humide.

La fumée se recourbait vers le tas, mais comme il avait démarré le feu à l'entrée de la grotte, celui-ci était aspiré à l'extérieur plutôt qu'à l'intérieur. À l'intérieur, une faible chaleur émanait du feu.

Enlevant les couvertures de ses épaules, elle les plaça

sur le sol poussiéreux, s'assit, enleva la pierre pointue sous sa fesse gauche et s'assit à nouveau.

Dmitri ne s'assit pas tout à fait à côté d'elle. Il s'allongea sur le dos, posant sa tête sur les genoux de Teena et sourit.

— Coucou, petit chaton.

Elle fronça les sourcils.

— Coucou ?

— Tu te rends compte que c'est notre nuit de noces ?

— Non, ce n'est pas notre nuit de noces. J'ai dormi tout le long durant le vol, tu te souviens ? Piqûre. Fesses. Ronflements.

— Ça ne comptait pas. La nuit de noces est la première nuit où tu es *consciente* et que nous passons ensemble en tant que couple marié.

— Et tu as simplement décidé de ça au hasard ?

— Pas au hasard. Tout à fait délibérément.

Comme son sourire suffisant était adorable.

— Alors comme c'est notre nuit de noces, est-ce que ça veut dire que tu laisses tomber ton histoire de « il nous faut un lit » ?

— Seulement pour certaines étapes. Tu sais, nous pouvons faire d'autres choses pour nous préparer à l'événement principal.

— Ah bon ? Comme quoi ?

Être vierge ne voulait pas dire que Teena ne pouvait pas s'imaginer de jolis scénarios. S'embrasser, se caresser, être peau contre peau en étant nus...

— On pourrait apprendre à se connaître.

— Pardon ?

— Parle-moi de toi. Quelle est ta couleur préférée ?

— Le rouge.

— Vraiment ? La mienne c'est le jaune, ce qui, je le sais, peut paraître un peu bizarre, et pourtant, je la trouve assez apaisante.

Qui se souciait de savoir qu'elle était sa couleur préférée quand tout ce qu'elle voulait savoir c'était le goût qu'avaient ses lèvres.

Je croyais qu'on avait déjà la réponse.

OK, c'est vrai, elle avait simplement besoin qu'on lui rafraîchisse la mémoire.

— On est vraiment en train de faire ça ? demanda-t-elle.

— Oui. Et c'est à ton tour. Est-ce que tu as une question ?

— Combien de temps penses-tu qu'il faudra pour qu'on couche ensemble ?

Ses narines se dilatèrent.

— Chaton, même si j'apprécie ton impatience, n'oublie pas que c'est aussi dur pour toi que ça l'est pour moi. Je dirais même, *plus dur*.

Ses yeux furent instantanément attirés par la partie de son anatomie à laquelle il faisait référence. Malgré son discours rassurant, celle-ci était sacrément grosse. Peut-être qu'il avait raison quand il disait qu'il fallait se retenir un peu. Et s'il se trompait et qu'elle avait ensuite besoin d'assistance médicale ?

Afin de faire diversion, elle lui demanda :

— Slips ou caleçons ?

— Un esprit cochon qui n'a qu'une seule chose en tête. Absolument délicieux. Mais pour te répondre : ni l'un ni l'autre. Maintenant, à mon tour, tu préfères les frites ou le chocolat ? Moi, personnellement, j'aime les sucreries.

— Les frites. Et tout cela est complètement stupide.

— Non, ça ne l'est pas. Regarde tout ce que nous découvrons l'un sur l'autre. Est-ce que...

Comme elle ne parvenait pas à convaincre son idiot de mari de la séduire, il était temps qu'elle prenne elle-même les choses en main. Ou, plutôt, avec ses lèvres.

S'accroupir pour plaquer sa bouche contre la sienne n'était pas ce qu'il y avait de plus confortable, mais le contact électrique de leurs lèvres permit de compenser.

— Tu sais, dit-il en la mordillant, peut-être que nous pourrions nous faire des câlins.

Se faire des câlins semblait...

— Hiii, cria-t-elle de surprise quand il roula sur ses genoux, s'assit et l'attira sur lui avant même qu'elle n'ait le temps de murmurer : « Dmitri » d'une voix rauque.

— Dis-le encore.

Lui faisant face, elle ne parvint pas à soutenir son regard, pas quand ce dernier brûlait avec tant d'ardeur.

— Dmitri, chuchota-t-elle.

Mais il gémit quand même.

— Pourquoi est-ce qu'à chaque fois que tu parles, j'ai envie de te serrer dans mes bras et de te dévorer ?

— J'aimerais bien que tu le fasses.

— Ce qui me surprend, petit chaton. On ne t'a encore jamais touchée. Je suis pratiquement un inconnu pour toi. Un ennemi à vrai dire aux yeux de ta famille. Et pourtant, tu serais prête à te donner à moi.

— À mon mari.

— Un mari qui t'a forcé à l'épouser. La plupart des

femmes, notamment les Russes, comme ma sœur, m'auraient déjà étripé avec un couteau et auraient fait en sorte d'être veuves. Pourtant, toi..., dit-il en lui caressant la joue. Toi, mon précieux chaton, tu me supplies de te prendre. Tu repousses les limites de ma patience. Tu me remplis d'un désir brûlant. Je ne comprends pas.

— Certains diraient que c'est le destin.

— Le destin, c'est d'abord que nous nous soyons rencontrés. Cette connexion que je sens entre nous. C'est...

— Effrayant ? le coupa-t-elle.

— Jamais. Plutôt incroyable. Précieux. *La mienne.*

Il grogna le mot contre ses lèvres avant de les saisir pour un baiser torride. Ses mains caressèrent sa nuque, l'attirant contre lui, tandis que ses doigts s'enroulèrent autour de ses mèches emmêlées.

Le feu dans son dos les réchauffa, mais pas autant que Dmitri, la chaleur émanant de son corps était presque brûlante à travers les couches de vêtements de Teena, la taquinant avec cette passion ardente qui bouillonnait entre eux.

Ses lèvres quittèrent les siennes et tracèrent un sillon sur sa joue, de son oreille à son cou.

— Oh, Dmitri, dit-elle dans un souffle, penchant la tête en arrière et fermant les yeux.

Un liquide de feu courait dans ses veines dès qu'il la touchait. Avec une simple caresse, il réveillait tous ses sens. Il enflammait son désir.

Je veux.

Elle voulait plus que de simples baisers.

Ce fut à son tour de prendre son visage et de plaquer

sa bouche sur la sienne pour un baiser affamé. Leurs langues s'entremêlèrent. Leurs respirations s'entrechoquèrent. Leurs cœurs battaient à tout rompre tandis que leur sang coulait dans leurs veines.

Elle grogna à cause de leur position et poussa contre ses épaules. Il s'allongea sur le dos pour elle, l'entraînant avec lui pour qu'elle puisse se mettre au-dessus. Bien mieux. Elle pouvait désormais sentir son membre. Ses muscles durs étaient à sa disposition pour qu'elle les explore et c'est ce qu'elle fit, ses mains effleurant sa peau qui avait perdu toute sa fraîcheur.

Elle n'avait pas besoin d'avoir de l'expérience pour savoir qu'il appréciait son contact. Elle n'avait pas non plus besoin d'aide pour lui donner du plaisir. Elle se contentait surtout de se faire plaisir elle-même en s'autorisant à l'explorer, ignorant ses protestations.

— Chaton, on ne devrait pas.

— Je me fiche que nous n'ayons pas de lit, grogna-t-elle.

— Moi si, mais ce n'est pas vraiment ça le problème. Aah. Aah.

Il perdit le fil de ses pensées pendant un instant, probablement parce qu'elle venait de trouver la pointe de son téton.

Elle le mordit. Il aima ça.

Alors elle recommença.

— J'aurais dû te surnommer petit diable, pour me tenter comme ça.

— C'est mal ?

Il les fit rouler sur le côté, ses gestes étaient prudents et doux, mais finalement, il se retrouva au-dessus d'elle.

Elle se tortilla sous son poids. Il gémit.

— Comment ai-je pu être aussi chanceux ?

— Chut.

Elle l'attira vers elle pour l'embrasser.

— Ne nous porte pas la poisse, dit-elle.

Ces paroles partirent aux oubliettes alors qu'ils s'embrassaient, mais avec lui au-dessus d'elle, l'expérience prit un tout autre tournant.

Son corps se nicha entre ses cuisses écartées et malgré sa double couche de vêtements, elle le sentit. Dur. Épais. Et se pressant contre son sexe.

Son souffle devint erratique. Il se frotta à nouveau et elle laissa échapper un bruit, un bruit qu'il attrapa du bout de ses lèvres. Il glissa sa main sous sa chemise, cherchant à saisir et pincer son mamelon.

Elle haleta, puis gémit de plaisir alors qu'il frottait le bout en érection, le taquinant jusqu'à ce qu'il devienne dur.

Elle n'avait jamais imaginé ce qu'elle pourrait ressentir si quelqu'un d'autre la caressait. Elle avait naïvement cru qu'elle n'éprouverait pas autre chose que ce qu'elle ressentait durant ses propres caresses, quand elle explorait son corps. Que les préliminaires étaient simplement agréables.

Comme elle avait eu tort. Délicieusement tort.

Quand sa peau effleura la sienne, elle la sentit comme une marque sur son corps. Quand ses doigts pincèrent son téton, elle ressentit une secousse pleine de désir et presque douloureuse, jusque dans son sexe.

Quant au moment où il repoussa sa chemise, assez haut pour que sa bouche s'accroche au bout...

— Dmitri !

OK, elle avait peut-être crié son prénom tellement la sensation s'avérait électrique.

Un grondement fit vibrer sa chair dans sa bouche lorsqu'il rigola :

— Tellement adorable.

Tellement en train d'apprécier ses caresses surtout.

Elle cambra le dos, son corps savait quoi faire : obtenir plus encore, car cela faisait du bien.

Sa bouche tira et suça son sein. Sa langue s'enroula de façon indécente.

Elle pleura presque lorsqu'il s'écarta avec un bruit humide, pour finalement gémir quand il se mit à titiller son autre sein.

Mais ce n'était pas la seule chose qu'il avait envie de lécher. Sa bouche la chatouilla et laissa une trace brûlante en descendant le long de son ventre, dessinant ses courbes le long d'un chemin qui le menait jusqu'à la ceinture de son pantalon. Celle-ci ne le dissuada pas.

Ses doigts tirèrent sur le tissu et glissèrent sous l'élastique.

Elle inspira profondément.

Ses doigts qui chatouillèrent le duvet de son sexe la firent haleter. Ses hanches frémirent et elle éprouva un désir intense. Un désir pour quelque chose.

Lui.

Elle cria son prénom pour la deuxième fois quand il trouva son sexe lisse, ses doigts plus rugueux caressant les courbes sensibles de ses lèvres inférieures. Un gémissement lui échappa et elle se mordit la lèvre quand il les écarta délicatement. Il fit glisser son doigt d'avant en arrière sur sa fente humide.

Ses cuisses se serrèrent autour de sa main, le tenant contre elle et ses hanches se cambrèrent, s'appuyant contre lui.

— Doucement chaton. J'essaie d'être doux et tu me compliques la tâche.

— Je n'ai peut-être pas envie que tu sois doux, grogna-t-elle.

— Alors ma séduction a fonctionné, murmura-t-il contre son ventre avant d'y déposer un baiser.

Il retira sa main de son pantalon et elle faillit pleurer – *Pourquoi est-ce que tu me punis ?* – jusqu'à ce qu'elle réalise qu'il avait en fait besoin de sa main pour faire glisser son jogging de ses hanches à ses cuisses.

L'air dans la grotte s'était réchauffé. Était-ce grâce au feu ou à ses actes, elle n'aurait pas pu le dire, mais malgré sa peau exposée, elle ne frissonna pas de froid. Cependant, elle trembla, anticipant la suite.

Qui ne le ferait pas quand ces yeux bleus et brillants fixaient son derrière dénudé avec avidité ?

Et il semblait vouloir assouvir son besoin pour elle. Elle prit une grande inspiration, pourtant, elle n'eut pas assez de souffle pour s'exclamer, à la place elle couina :

— Dmitri !

Comme si sa faible protestation allait arrêter cet homme en mission. Il enfouit son visage entre ses jambes pour qu'il puisse la laper avec sa langue chaude.

Chaude, légèrement râpeuse et oh, mon Dieu. C'était tellement bon, putain.

Il la lécha d'avant en arrière, le bout mouillé de sa

langue stimulant lorsqu'il trouva son clitoris pour jouer avec. Lorsque ses cris devinrent trop stridents et ses hanches trop cambrées, il laissa sa langue voyager jusqu'à l'entrée de son sexe, où il la sonda jusqu'à ce qu'elle sanglote son prénom.

Puis, il retourna vers son clitoris gonflé, la taquinant. Lui procurant du plaisir. L'amenant jusqu'au sommet et...

Aaaah. Elle tomba d'une falaise, un plongeon d'extase vers un orgasme qui la secoua de la tête aux pieds et qui l'assaillit de vagues de plaisir intenses.

Il lui fallut un moment pour redescendre de ces hauteurs, mais quand elle le fit, elle se retrouva blottie dans ses bras, ses lèvres déposant de doux baisers contre ses tempes alors qu'il lui murmurait tendrement des mots en Russe.

— C'était...

Elle n'avait pas les mots, alors à la place, elle soupira.

Il rigola.

— Je sais.

— C'est arrogant.

— Ce n'est pas arrogant de dire la vérité. Ça t'a plu.

Elle ne comptait pas mentir.

— Oui, c'est vrai. Et tu vois, nous n'avons pas eu besoin d'un lit.

Elle se tortilla contre lui, ses parties sensibles étant très conscientes du fait qu'il était encore dur quand il se pressa contre elle.

— Je ne laisserai personne dire que je t'ai dévergondée dans une grotte sale.

Quel homme têtu, mais vu comme elle rayonnait, elle

l'autorisa. Mais cela ne voulait pas dire qu'il n'avait pas droit à une récompense en retour. Peut-être même que cela l'inciterait à abandonner son idée stupide.

Elle poussa ses épaules et il obéit, roulant sur le dos et l'attirant vers lui pour qu'elle puisse s'étendre sur lui.

Cependant, même si elle aimait le sentir contre elle, elle avait une autre idée en tête.

Se mettant à genoux, elle posa ses mains sur chaque côté de son torse et se pencha pour déposer de doux baisers sur sa peau.

Des baisers qui se dirigeaient vers une destination bien précise.

— Chaton, qu'est-ce que tu fais ?

N'était-ce pas évident ? Elle avait lu assez de livres pour savoir exactement quoi faire une fois qu'elle aurait atteint son membre palpitant. Elle avait hâte d'en faire l'expérience... et de goûter.

Rien de pire que le cliquetis d'une arme enclenchée pour empêcher une fille d'aller en direction du sud.

Et pour énerver un tigre.

---

1. Jeu d'alcool russe qui implique de boire des shots de vodka en se cachant sous une table

CHAPITRE DIX-SEPT

Lui, il va mourir. Doucement. Douloureusement. Peut-être durant une journée entière pour chaque seconde d'agacement et de torture que je suis en train de subir.

Dès que Teena avait commencé son exploration innocente, Dmitri avait finalement décidé que, mince, tant pis ils n'attendraient pas d'avoir un lit. Teena était prête à ce qu'il la revendique et lui, était plus que prêt pour elle.

Le goût mielleux de son sexe adoucissait encore ses lèvres. Les vibrations de son orgasme lui chatouillaient encore la langue. Elle était déterminée à lui rendre la pareille.

Et il avait fallu que ce connard vienne les interrompre. Totalement inacceptable.

Sans se soucier de sa nudité – et de son érection féroce qui sautillait de façon majestueuse – il quitta le sol dur pour se relever. Avec un regard noir, il observa l'intrus qui pointait toujours une arme sur eux en les lorgnant.

Ose-t-il regarder ma femme ? Ose-t-il vraiment convoiter mon épouse ?

Ce n'était pas seulement son tigre qui eut envie de lui arracher les yeux des orbites. Dmitri se retrouva en proie à une jalousie qu'il n'avait encore jamais expérimentée, pas même quand sa mère avait offert cette incroyable Mercedes SI500 à sa sœur pour son vingt-et-unième anniversaire.

Faisant un pas sur le côté, il se servit de son corps comme d'un bouclier pour protéger sa femme. Derrière lui, il entendit Teena remettre ses vêtements. Il pouvait presque sentir la chaleur de son embarras.

N'aie crainte, petit chaton. Je protègerai ton honneur.

— Je crois que je viens d'attraper des minettes.

L'humain avait raison sur une chose. Ils étaient effectivement des félins. Mais pour ce qui était de les avoir attrapés...

Je ne suis pas d'accord.

Se faufiler derrière Dmitri pendant qu'il était distrait était une chose. Mais de là à dire qu'il les avait vaincus ?

Non, pas aujourd'hui.

— Sais-tu que, il y a quelques siècles, ma famille célébrait ses conquêtes en mangeant la chair de ses ennemis ? dit Dmitri en faisant un pas en avant.

— Putain d'animaux.

Comme s'il n'avait pas entendu l'insulte, Dmitri sourit.

— On raconte que dévorer la chair de nos adversaires nous permet de leur voler leur honneur et leur force pour que nous puissions en profiter ensuite.

— Bande de bâtards assoiffés de sang.

— Oui, oui, nous l'étions, le sommes même. Sais-tu ce dont ma grand-mère se souvient le mieux de ces années avant que les hauts conseils ne l'interdisent ? À quel point le sang humain est délicieux.

Dmitri plongea avec un rugissement, plus animal qu'humain.

Bizarrement, une arme à feu n'était pas toujours la meilleure des défenses. L'idiot à l'entrée de la cave aurait pu tirer. S'en servir pour le frapper. Ou même esquiver Dmitri.

Cependant, la peur était une chose amusante, notamment chez les humains. À cause de la peur, les gens ne réagissaient pas toujours de manière efficace. La peur n'avait qu'un seul instinct : la survie.

Le type, pistolet en main, tourna les talons et lâcha un couinement peu viril. Dmitri étira les lèvres en un sourire féroce.

— C'est l'heure du dîner ! chantonna-t-il presque, en poursuivant l'humain.

Seulement, le problème quand on escalade des rochers recouverts de neige et de glace dans l'obscurité avec un vent fort qui siffle et déséquilibre, c'est que pour ceux qui ne sont pas très adroits ni sûrs d'eux, comme un certain humain complètement terrifié, cela peut s'avérer traître.

Il glissa.
— Aaaaah !
Poum.
— Aïe !
Crack. Silence.

Baissant la tête, Dmitri se pencha par-dessus bord et regarda le corps en bas de la pente.

— Merde. Je voulais l'interroger.

Regardant par-dessus son épaule, Teena se pressa contre son dos. Une fois de plus, sa femme prouva sa valeur.

— Tu devrais aller chercher ses vêtements avant qu'ils ne soient mouillés.

Une femme à l'esprit pragmatique. Il aurait pu la plaquer contre le mur de la grotte et la prendre, là, tout de suite.

Mais... c'était trop tard. Leur ennemi les avait retrouvés et même s'ils en avaient neutralisé un, d'autres risquaient de suivre.

Ensemble, ils descendirent en bas de la montagne, et afin de l'aider, il tendit la main à sa dame, qu'elle prit en souriant.

Quant au moment où elle perdit pied, atterrit sur lui, et qu'ils retombèrent tous les deux dans la neige glaciale ? La neige qui se logeait à certains endroits que l'on ne pouvait nommer fut désagréable, mais ce rire chaleureux contre ses lèvres et le doux baiser qui suivit compensèrent largement.

Bien que ce fût très plaisant, ils ne pouvaient pas perdre leur temps à faire fondre le banc de neige. Il avait déjà été pris au dépourvu une fois, il ne pouvait pas le permettre à nouveau.

Il leur fallut plusieurs tentatives, après avoir bien rigolé, avant qu'ils ne parviennent à se remettre debout et à sortir de cette couche de neige profonde. Pour ce qui était de prendre quelques habits au type, il ne discuta pas. Même pour quelqu'un qui avait pratiqué la survie par temps froid – un camp d'entraînement où sa mère l'avait envoyé pour le préparer à la vie de chef –il savait qu'il avait quand même besoin de vêtements.

Finalement, ils se partagèrent les habits, les bottes étaient trop petites pour ses pieds et la veste était à peine assez grande pour sa silhouette large, mais la chemise allait bien à Teena par-dessus les couches de vêtements qu'elle portait déjà et le chapeau lui permettait de garder sa tête bien au chaud.

— Prête ? lui demanda-t-il.

— Pour quoi ? répondit-elle.

Elle le regarda avec des yeux clairs, les joues brillantes. Ses lèvres semblaient arborer un petit sourire permanent. Probablement dû à leur plaisir antérieur ?

Comme s'il y avait un doute !

Il bascula le fusil sur son épaule et saisit les mains gantées de Teena.

— Il faut qu'on s'en aille.

— Je croyais qu'on devait rester ici et attendre ta sœur tout en repoussant l'ennemi.

— Les métamorphes ont un certain honneur. Du moins, en Russie en tout cas. Si un groupe m'avait poursuivi, nous nous serions battus un contre un. Facile.

— Et s'ils sont cinq ou six ? En combattre autant, même l'un après l'autre, n'est pas ce que j'appellerais facile.

Il leva un sourcil.

— Si tu penses comme ça, tu ferais mieux de m'accompagner à mon entraînement. Depuis mon plus jeune âge, ma mère m'a fait affronter les meilleurs. Les plus malins.

— Et pourtant, j'ai entendu dire que Leo avait pris le dessus durant votre bagarre en boîte de nuit.

Le sourire de Teena permit d'atténuer le piquant de son insulte. Mais il fut quand même irrité. Il n'avait pas envie qu'elle le croie faible.

— Tu me blesses, petit chaton. Personne ne s'est-il dit que je l'avais peut-être laissé gagner ? À ce moment-là, je savais que je ne voulais plus de ta sœur, mais si je l'avais avoué, j'aurais perdu la face. Un homme a une réputation à tenir.

— Alors tu as provoqué un combat exprès ?

— J'ai laissé l'oméga du clan, un type assez costaud et intimidant, débuter à peine notre altercation avant que ta sœur ne nous interrompe.

— OK, monsieur le prétentieux, si tu penses pouvoir affronter tant de métamorphes que ça, pourquoi est-ce qu'un groupe d'hommes te fait si peur ?

— À cause de ça, dit-il en indiquant le fusil. Ils enlèvent l'honneur de l'équation. Ces choses pourraient vraiment te blesser.

— Et toi aussi.

— Bah. Les cicatrices forgent un homme.

— Complètement fou, dit-elle doucement avec un petit rire.

— Russe, rectifia-t-il.

Était-ce lui ou bien l'avait-il entendu chuchoter doucement : « Le mien ».

Pendant un moment, il fut tenté de rester sur place. Il avait envie d'enlever ces couches de vêtements qu'elle portait et de se délecter de sa beauté. Mais certaines choses étaient plus importantes qu'un plaisir rapide, comme la survie par exemple.

Une fois habillés plus chaudement, ils s'éloignèrent de leur refuge temporaire. Il ouvrit la marche, ses yeux et ses oreilles scrutant les ombres profondes qui les entouraient, faiblement éclairées par l'éclat de la lune dans le ciel.

Le vent était assez violent, mais l'air s'était réchauffé depuis leur crash.

Une bonne et mauvaise nouvelle à la fois. Ils n'auraient plus à lutter contre le froid glacial qui aimait s'accrocher à leurs os et emprisonner leurs membres. Cependant, une température plus chaude signifiait que la neige allait fondre. Les flocons pelucheux se détachaient, la neige devenait, collante, humide, et les trempait.

Atteignant le bas de la colline, il ferma les yeux un instant et pencha son visage vers le ciel. Il inhala profondément, analysant toutes les senteurs. Il n'y avait rien de pire que l'hiver pour ce qui était des odeurs. L'air, trop frais, ne les retenait pas bien. Et les nombreuses couches de vêtements que portaient les humains et les métamorphes masquaient leur musc naturel. Traquer devenait alors beaucoup plus difficile.

Mais d'un autre côté, la neige permettait de laisser des traces. Les siennes et celles de Teena étant comme des balises clignotantes pour ceux qui les pourchassaient et il y avait aussi celles du mort.

Il les suivit et Teena siffla :

— Qu'est-ce que tu fais ? On ne devrait pas justement s'éloigner des sales types ?

— Ce sale type n'a pas marché jusqu'ici. Il a dû utiliser une sorte de véhicule. Je le veux.

— Tu crois qu'il a roulé jusqu'à nous ?

— Ou bien...

Dmitri se mit à sourire lorsqu'ils tombèrent devant un attelage de chiens et un traîneau, le seul moyen de transport silencieux du coin. Les motoneiges avec leur moteur bruyant et grinçant avaient tendance à avertir les gens des kilomètres en avance, notamment dans les espaces ouverts.

Avec une bonne meute de chiens, en dehors du fait qu'ils iraient très vite sur la neige, ils seraient également mortellement silencieux et pourraient surprendre leurs ennemis.

À côté de lui, Teena renifla.

— Ce sont des chiens ?

— C'est une meute de huskies pure race. Très bien entraînés également. Tu vois, ils attendent sans être attachés pour être prêts à partir en cas de signal.

— Hum, je pense qu'il vaut mieux que je te prévienne. Les chiens se comportent souvent bizarrement en ma présence.

Elle se positionna derrière lui et il s'étonna de son inquiétude. Avait-elle été victime d'un accident avec des canidés étant enfant ? Elle était une féline. Peut-être était-ce une sorte de peur léonine innée ? Bizarrement, même si elle se cachait derrière lui, il ne sentit pas de peur émaner d'elle. Plutôt... des excuses ?

Des excuses pour quoi ?

Cela commença par un couinement, puis deux. Puis, la meute entière de huskies sibériens se mit à gémir. Certains s'assirent. D'autres se tinrent debout et remuèrent leurs queues tandis que quelques-uns prenaient un air de chiens battus.

— Qu'est-ce qu'ils font, bon sang ?

— Ils sont en train de m'adorer.

Teena sourit en s'approchant d'eux et s'ils avaient pu mourir d'un bonheur foudroyant à force de remuer la queue, ils l'auraient fait. Dès l'instant où elle fut assez près, ces gros chiens entraînés aux crocs immenses se mirent à se tortiller et à japper d'extase alors qu'elle faisait de son mieux pour tous les caresser et les gratouiller.

— Ça, c'est de bons toutous. C'est qui le plus beau ? Qu'est-ce que tu as le ventre doux ! Tu veux que je te fasse des chatouilles ?

Avait-il tort d'être aussi jaloux de quelques chiens stupides ?

Il commença à s'approcher, les chiens levèrent la tête, tous en même temps et se tournèrent dans sa direction puis le regardèrent d'un air menaçant. Certains retroussèrent les lèvres. Et oui, ils étaient clairement en train de grogner.

— Ils sont sérieusement en train de me menacer là ?

Il cligna des yeux. Il était un putain de tigre quand même ! Les chiens ne le menaçaient pas.

Se penchant en avant, il laissa son côté sauvage remonter à la surface et grogna en retour.

Cela les fit taire, mais ils se rapprochèrent également de sa femme et le surveillèrent de près.

— Mon petit chaton, la femme qui murmurait à l'oreille des chiens. Tes compétences diverses sont très intrigantes. Quelles autres surprises caches-tu encore ?

— Il faudra que tu le découvres par toi-même. Alors, tu penses qu'ils sont notre ticket de sortie ?

Il s'inclina et désigna gracieusement le traîneau avec sa main.

— Votre char vous attend.

Alors qu'ils grimpaient à bord, Dmitri remarqua un sac attaché à l'avant du traîneau. S'agenouillant, il l'ouvrit et y trouva d'autres vêtements, ainsi que quelques barres protéinées et une gourde chaude.

Pendant qu'ils sirotaient le café chaud, mélangé à un liquide qui chauffait le ventre, Teena remarqua le travois à l'arrière, celui avec des sangles.

— C'est moi, ou on dirait que ce truc est fait pour transporter un corps ? dit-elle.

— Tu as raison, mon épouse.

— Donc, ceux qui ont envoyé ce type pour nous retrouver voulaient qu'il ramène quelque chose.

— Tu veux dire quelqu'un. La question, c'est de savoir s'il était censé nous ramener morts ou vifs ?

— Vu le détournement de l'avion, je dirais en vie, mais...

— Nous ne sommes pas indispensables non plus si l'on ne parvient pas à nous capturer. Quelqu'un joue à un jeu dangereux.

— Que comptes-tu faire ?

Dmitri ne put s'empêcher de sourire.

— Changer les règles bien sûr. Je n'aime pas perdre.

CHAPITRE DIX-HUIT

Si quelqu'un avait annoncé à Teena il y a quelques jours qu'elle porterait les habits d'un homme mort, serrant son mari par la taille pendant qu'ils traverseraient des bois russes tout en étant tirés par une meute de chiens, elle aurait rigolé et rétorqué : « Pff, jamais ». Ce genre d'aventure extravagante était plus le style de Meena.

Sauf que Meena n'avait rien à voir avec cette aventure.

Teena était la seule à vivre et à apprécier cette nouvelle réalité folle.

Même si toutes ces mésaventures continuaient de l'accabler, Dmitri restait à ses côtés. Il prenait sa malchance à bras le corps et y faisait même face avec le sourire.

Il avait toujours le sourire, une adorable inclinaison de ses lèvres qu'elle aurait pu embrasser encore et encore. Elle le serra encore plus fort par inadvertance.

— Patience, petit chaton, murmura-t-il par-dessus son

épaule, ses paroles rapidement coupées par le vent qui leur fouettait le visage. Nous trouverons bientôt un véritable abri.

— Sinon ?

— Il n'y a pas de sinon.

— Tu es tellement optimiste.

— On n'accomplit rien en restant sur du négatif. En revanche, préparer sa victoire apporte le succès.

— Et que se passe-t-il quand tu échoues ?

— Eh bien tu planifies à nouveau. L'échec n'a vraiment lieu que lorsque tu abandonnes.

Une philosophie intéressante. Une philosophie que ceux qui les pourchassaient semblaient également adopter.

Et eux non plus n'abandonneraient pas.

Leur seul avertissement fut un craquement puis un sifflement lorsqu'une balle passa tout près de leur visage et heurta l'écorce d'un arbre, faisant exploser la surface.

Plusieurs éclats volèrent alors que l'écorce sèche se fissurait face à l'impact.

— Baisse-toi ! hurla Dmitri.

Le fait de se baisser permettrait d'avoir une couverture ou du moins, de ne plus être une cible, mais qu'en était-il de Dmitri ? Il se tenait droit et haut sur le traîneau, ses mains tenant les rênes avec assurance.

Un autre bruit tonitruant résonna alors que quelqu'un tirait à nouveau. Cette fois-ci, la balle entailla la main de Dmitri, cependant, étant accroupie derrière lui, elle remarqua qu'il ne cria même pas, il se contenta seulement de prendre une grande inspiration, même si cela devait être très douloureux. Il saignait. Elle pouvait le sentir et pourtant, sa main blessée ne lâcha pas prise.

Entendant un cri, elle se retourna pour regarder derrière eux. Malgré l'obscurité qui l'empêchait de voir en détail, elle remarqua la meute de chiens qui les poursuivait. Apercevant le canon d'une arme grâce à la lumière pâle de la lune, elle cria :

— Derrière nous !

Claquant les rênes et avec un coup sec, leur traîneau à chiens vira sur la gauche, leur char robuste s'inclina d'un côté avant de retomber durement sur le sol alors qu'ils couraient vers une autre direction.

Ils heurtèrent une énorme bosse et elle perdit l'équilibre. Elle vola dans les airs pendant quelques secondes, puis retomba violemment contre le traîneau et se sentit glisser. Elle s'empressa de raffermir sa prise, mais ils cognèrent à nouveau une bosse et cette fois-ci, quand elle s'envola, elle tomba du traîneau.

Paf !

OK, bon au moins quand elle atterrit dans la neige elle ne se retrouva pas dans une flaque d'eau, mais la substance blanche s'accrochait et avec sa position, elle était pile sur le chemin de l'autre traîneau à chiens !

Les yeux grands ouverts, elle fixa les animaux qui arrivaient vers elle. Puis elle les ferma. Elle n'avait pas le temps de bouger et d'échapper à ce piétinement certain.

Haaf ! Pouf ! Les animaux haletants s'approchaient. Encore et encore. Puis, ils passèrent à côté d'elle.

Le son s'éloigna et elle rouvrit les yeux, pour voir qu'elle avait survécu.

Poussant sur ses genoux, s'enfonçant un peu plus

profondément, elle secoua la tête pour déloger les flocons collants. L'air ambiant retenait son souffle. Silencieux.

Et solitaire.

Ça ne présageait rien de bon.

Dmitri reviendra me chercher.

S'il le pouvait.

N'aurait-elle pas dû se douter qu'une catastrophe frapperait à nouveau ? Mais cette fois-ci, celle-ci était vraiment unique.

— Super, merci, Murphy, grommela-t-elle en suivant les traces du traîneau. Je comprends bien que l'univers veuille me baiser avec mon conte de fées, mais sérieusement ?

Elle s'arrêta un moment et jeta un regard noir en direction du ciel.

— Si tu comptais me tuer, t'aurais pas pu le faire à la plage au lieu de ces foutus bois glacials ?!

Comme si ce dernier n'appréciait pas sa question, elle entendit soudain le bourdonnement d'un moteur, un moteur de motoneige, ce qui voulait dire que ce n'était pas Dmitri. Le bruit fit écho autour d'elle et elle ne sut d'où il venait.

Elle essaya de courir le long du chemin, suivant la direction qu'avait prise son mari. On est plus en sécurité quand on est plusieurs ou derrière un dos large, comme lui disait son père avec un clin d'œil quand elle était petite.

Cependant, le sentier dégagé, bien que plus facile à parcourir, servait aussi de repère pour guider directement celui qui conduisait la motoneige.

Une lumière vive brilla derrière elle, un éclat éblouissant au milieu de cette obscurité. Elle tourna et sortit du sentier, mais la neige s'avéra plus profonde et tendre que prévu. Elle s'enfonça jusqu'aux hanches.

Elle ne pouvait plus bouger. Cela donna presque envie à sa féline de pleurer. Non seulement il faisait froid, mais en plus de ça, il fallait qu'elle se retrouve piégée !

La motoneige s'approcha, le grondement de son moteur bruyant et la lumière plus vive que jamais.

Quand celle-ci s'arrêta, à seulement quelques mètres d'elle, la lumière était si intense qu'elle dut lever son bras en l'air pour protéger ses yeux.

Mais le pire, c'est qu'elle comprit rapidement que ce n'était pas Dmitri qui venait vers elle quand elle entendit :

— Tiens, tiens, qu'avons-nous là ?

CHAPITRE DIX-NEUF

Lorsque Teena était tombée du traîneau, la première intention de Dmitri avait été de s'arrêter et de faire demi-tour, sauf qu'il lui était impossible de tourner, pas ici, où les arbres étaient regroupés les uns contre les autres et que tout virage serré risquait d'être dangereux.

Sans compter que leurs poursuivants avaient contourné son épouse pour le poursuivre lui.

Qu'ils viennent me chercher à sa place. Il espérait qu'elle puisse se débrouiller toute seule pendant qu'il gérerait les problèmes. Justement, en parlant de ça...

Il calcula son saut pile au bon moment, bondissant du traîneau en mouvement pour s'accrocher à la branche épaisse qui pendait juste au-dessus de lui.

Se balançant au bout, il se cramponna, tel un prédateur dans l'obscurité, attendant sa proie.

Et ses victimes arrivèrent, leur meute de chiens ouvrant la marche, leur traîneau était légèrement plus grand que le sien et transportait deux hommes.

Assez sportif.

En silence, Dmitri se laissa tomber sur eux.

Deux humains contre un félin. Ce n'était pas vraiment en leur faveur.

Leurs cris de surprise furent d'une brièveté agaçante. Il les tua trop rapidement.

Maintenant comment vont-ils prévenir leurs amis que je suis ici et que je chasse ?

Il jeta leurs corps par-dessus le traîneau qui ralentissait. Sans une main pour les guider avec les rênes, les chiens finirent par trotter puis s'arrêter.

Dépouillant rapidement les hommes de leurs vêtements chauds et de leurs armes, il siffla en direction des chiens tout en tirant sur la laisse. Ils se retournèrent à son commandement, obéissant aux signaux universels qu'on leur avait enseignés au lieu de ne se soumettre qu'à une seule personne.

Avant même qu'il ne puisse les faire avancer afin de retrouver Teena, une voix derrière lui, le stoppa net.

— Salut, chaton. Tu t'en vas déjà ?

Partir alors que quelqu'un le suppliait de lui botter les fesses ? Jamais.

Dmitri laissa retomber les rênes et pivota pour apercevoir quelqu'un vêtu d'un habit de camouflage blanc et gris sortir de derrière un arbre, un fusil pointé dans sa direction.

— Viens là, humain. Viens voir papa chaton, chantonna Dmitri.

Généralement, cette attitude et ce manque de respect flagrant rendaient ses opposants fous de rage. Mais ce ne fut pas le cas de ce type. Il ne semblait pas non plus jouer avec honneur ou selon les règles. Il tira de loin. Dmitri ignora la petite piqûre. Il en fallait plus pour le faire tomber.

— Espèce de lâche. Approche-toi pour que je te cogne.

Mais l'humain resta hors de portée. Et il se mit à rire, de la façon la plus moqueuse qui soit.

Ce coup porté à son honneur sidéra Dmitri. Sa mère pleurerait sûrement de honte. Mais seulement s'il ne parvenait pas à tuer cet humain qui l'insultait.

Évidemment, les tentatives de meurtre fonctionnaient mieux quand un tigre restait éveillé. Plusieurs fléchettes le frappèrent à la fois, et même si ce n'était pas des balles, elles étaient toutes imprégnées d'un narcotique, assez puissant pour le neutraliser.

Je comprends mieux maintenant pourquoi mon petit chaton était un peu énervé, la perte de contrôle était très désagréable, et rien ne freinait cette obscurité qui l'engloutissait.

CHAPITRE VINGT

La phrase : « Tiens, tiens, qu'avons-nous là ? » avait été prononcée par une femme, même si cela n'avait pas été tout de suite perceptible avec les grosses lunettes de protection, une toque russe sur la tête et l'épais manteau de fourrure avec son col pelucheux.

— Est-ce que vous comptez me tuer ?

Teena préféra poser la question pour ne pas perdre de temps.

— Ça dépend. Fais-tu partie du complot pour tuer mon frère ?

— Qui est votre frère ?

Relevant les lunettes pour les poser sur le haut de sa tête, la femme aux yeux bleus ressemblait fortement à un certain époux disparu.

— Tu es la sœur de Dmitri, comprit Teena.

— Oui, je suis Sasha. Et toi, tu dois être sa nouvelle femme, dit-elle, regardant Teena d'un air renfrogné. C'est moi où tu ressembles énormément à l'ex-fiancée de mon frère ?

— C'est possible, je suis la jumelle de Meena.

— Jumelle ? ricana Sasha. On peut compter sur mon frère pour son obstination. Et c'est vrai alors, vous êtes mariés ?

— Oui.

— Il a mentionné qu'il avait acquis une nouvelle épouse, mais il s'est bien gardé de nous dire qui. Je comprends mieux pourquoi.

— Disons que c'était assez soudain, répondit Teena.

— C'est ce qu'on m'a dit oui, rétorqua Sasha en ricanant. Je suis surprise de te trouver seule. Où est mon frère ? Il est impossible qu'il t'ait autorisée à te balader seule comme ça.

La remarque aurait pu être blessante si Teena n'avait pas senti l'inquiétude dans ses paroles.

— Je suis tombée du traîneau.

— Et Dmitri n'est pas retourné te chercher ? demanda-t-elle en levant ses sourcils foncés.

— Il était occupé à rester hors de portée des types qui le pourchassaient et qui lui tiraient dessus.

Sasha mit quelques secondes à digérer l'information avant de répondre :

— Je vois que la malédiction qui poursuivait ta sœur te suit également.

— Ouais.

— Excellent. Dmitri aurait bien besoin d'un peu d'animation dans sa vie. Bon, assez parlé. Il faut que j'aille secourir mon frère. Reste-là et attends. Un autre membre de mon équipe passera te prendre.

Sasha lui lança une boîte noire qu'elle sortit de sa poche.

— Garde ça avec toi. C'est un mouchard. Ça les aidera à te trouver.

— Pourquoi est-ce que je ne peux pas venir avec toi ?
— Avec moi ? Pourquoi faire ?
— Pour sauver Dmitri, évidemment.
— Tu veux le sauver ?

Ses yeux bleus la fixèrent avec une intensité qu'elle ne connaissait que trop bien.

— Oui. Bien sûr que je veux le sauver. C'est mon mari.

Bizarrement, sa réponse sembla plaire à Sasha, car celle-ci lui fit un grand sourire.

— Viens ma nouvelle sœur. Suivons les traces et voyons où celles-ci nous mènent.

Et elles les menèrent vers un emplacement où la neige avait été piétinée.

Sasha grogna en examinant les traces.

— Kidnappé par des humains. Mère va piquer une crise.

Effectivement, la mère de Dmitri fut très en colère en apprenant la nouvelle.

— Quelle honte ! Quelle horreur ! Mon propre fils, humilié par – elle recourba les lèvres – des humains. Son père doit probablement se retourner dans sa tombe.

— Tu l'as fait incinérer, maman, rétorqua Sasha.

Elles se tenaient actuellement dans une grande tente, spécialement conçue pour résister au froid. Quand un vent violent et d'épaisses couches de neige avaient commencé à recouvrir les pistes, elles avaient dû abandonner. Elles s'étaient donc regroupées au camp de base que la mère de Dmitri avait mis en place, une mère qui était plutôt furieuse quand elle rencontra Teena.

— Toi ! Quel culot de revenir ici après avoir abandonné mon pauvre garçon en détresse devant l'autel !

Teena soupira.

— Ce n'était pas moi. C'était ma jumelle.

— Peu importe. C'est la même famille, ce qui veut dire que tu le quitteras probablement aussi.

— À vrai dire, j'aimerais vous aider à le sauver.

— Tu as envie d'aider ? ricana sa mère. J'ai du mal à y croire. Il est plus probable que tu laisses mon Dmitri mourir pour pouvoir devenir veuve et fuir comme ton écervelée de sœur.

— Je ne ferais jamais ça, dit Teena qui n'eut même pas besoin de prétendre être indignée.

— Pourquoi pas ? Tu n'es pas venue à ce mariage de ton plein gré. Je suis prête à parier que ta famille te recherche activement, ce qui signifie que tu as dû faire quelque chose pour les inquiéter. Peut-être les as-tu secrètement appelés pour qu'ils viennent te sauver ? Sont-ils ceux qui se cachent derrière le kidnapping de mon fils ?

— Ma famille n'aurait jamais fait tout ça. Mon père est parfois un peu violent par moment – c'est le moins que l'on puisse dire – mais il ne me mettrait jamais en danger, tout comme il ne ferait pas de mal à mon mari.

Du moins, c'est ce qu'elle espérait.

— Est-il vraiment ton mari ?

— Plus ou moins. Je veux dire, un prêtre a fait ce qu'il avait à faire et nous avons signé les papiers. Nous n'avons pas encore été jusqu'à la consommation du mariage, ce qui, je vous l'assure, n'est pas faute d'avoir essayé. Comme je suis vierge, Dmitri insiste pour que nous fassions les choses bien. Il n'arrête pas de parler d'expérience qui doit être à la hauteur des attentes.

Le whisky que lui avait fait boire Sasha dans sa gourde avait fait bien plus que réchauffer ses os froids, car à cause de lui, sa langue se déliait.

— Je n'y crois pas, l'interrompit Sasha en ricanant. Grand frère a le trac. C'est énorme.

— Mais ce n'est pas important pour le moment. Nous devons planifier sa libération.

Teena prit une autre gorgée de courage en bouteille.

— Comment pouvons-nous planifier sa libération si nous ne savons pas où il se trouve ? Avez-vous reçu une demande de rançon ou un indice sur sa position ?

— Il n'y aura pas de rançon, dit sa mère en levant la main pour rejeter cette idée.

— Comment ça, pas de rançon ? Vous n'avez pas assez pour la payer ?

— Premièrement, aucune rançon n'a été demandée. Et deuxièmement...

Sasha regarda sa mère et elles éclatèrent toutes les deux de rire.

— Payer ? Nous ne donnerons pas un seul rouble à nos ennemis.

— Vous le laisseriez mourir ?

Teena se demanda si son ton consterné se reflétait également sur son visage.

— Bah. Dmitri ne va pas mourir. Nous avons un plan.

Discuter avec ces femmes était comme arracher des dents : une lente agonie.

— Et quel est ce plan ?

— On vient le sauver, évidemment.

Une réponse directe et terre-à-terre, seulement, pour Teena, il y avait un gros problème.

— Comment comptez-vous le sauver si vous ne savez pas où il se trouve ?

— Nous ne le savons pas encore, mais nous finirons par le découvrir. Nous attendons que le satellite se positionne à nouveau correctement. Le suivi GPS avec un hôte organique est encore en phase de test. Comme nous avons fait en sorte que les puces soient suffisamment petites pour éviter d'être détectées, elles sont plus difficiles à suivre et nécessitent des coordonnées satellites très précises.

— Vous lui avez implanté un mouchard ? Comme un animal domestique ?! s'emporta Teena face à la mère de Dmitri.

— Ne la lance pas là-dessus, murmura Sasha. Elle trouve cela consternant que tout le monde n'implante pas de puce à son enfant, mais assure la protection de Fido et Fluffy.

— Bon, combien de temps avant que ce satellite ne soit en position ?

Dans combien de temps pourraient-elles partir sauver Dmitri ? Étrangement, elle ne pensa absolument pas à sa mort éventuelle ni au fait qu'elle puisse simplement laisser les choses suivre leur cours. Elle voulait qu'il revienne. Elle voulait donner une chance à cette histoire de mariage.

D'une certaine manière, durant leur courte fréquentation, elle en était venue à oublier qu'il était sorti avec

Meena en premier. À vrai dire, plus elle entendait parler de Dmitri et de sa sœur, plus elle constatait qu'ils n'allaient pas du tout ensemble.

Personne ne semblait approuver ce couple, et pourtant, était-ce elle ou Dmitri et elle entretenaient une relation totalement différente ? Teena n'avait aucun mal à admettre qu'elle l'aimait bien et elle allait même prendre des risques en affirmant que lui aussi. Elle se fichait de ce que pouvait penser ou dire sa famille.

Il lui avait dit et prouvé suffisamment de fois qu'elle comptait pour lui. Plus étonnant encore, elle soupçonnait même que la mère et la sœur de Dmitri l'appréciaient, du moins, une fois qu'elles eussent découvert qu'elle ne souhaitait vraiment pas qu'il meure.

Hors de question qu'il meure, c'est pourquoi, lorsque Sasha dit :

— Nous devrions pouvoir capter son signal, s'il n'est pas à l'autre bout du globe, d'ici huit heures.

Teena sut qu'elle devait agir.

— Huit heures ? ne put-elle s'empêcher de répéter. Non, on ne peut pas attendre aussi longtemps. Qui sait ce qu'ils pourraient lui faire pendant ce temps-là ?

— Qu'est-ce que tu suggères alors ? Nous avons déjà des équipes qui tournent autour du lieu où a été identifiée sa dernière localisation. Avec la tempête, c'est impossible de le trouver.

Elle entendit soudain un cri dehors, suivi d'un aboiement aigu.

Teena trébucha en sortant de la tente, oubliant de fermer sa veste ou d'attraper un bonnet. Elle ne voulait pas perdre de temps, pas si elle avait bien entendu.

Avançant dans la mini tempête tourbillonnante, les flocons lui collant à la peau, elle cligna des yeux puis sourit.

— Salut toi. Tu es venu me chercher ?

Faisant quelques pas en avant, elle tendit la main vers le chef de la meute des chiens de traîneau. Son œil bleu et son œil jaune la regardèrent fixement.

Elle caressa son museau.

— Quel bon chien. Si intelligent. Assez intelligent pour me retrouver dans la tempête. Et je suis sûre que tu es assez malin pour retrouver ton chemin également.

Elle n'eut pas besoin d'entendre le faible grognement du chef de meute pour savoir que Sasha l'avait rejointe.

— C'est quoi ça ? demanda-t-elle.

Teena sourit.

— Ça, ce sont nos tickets pour retrouver mon mari.

CHAPITRE VINGT-ET-UN

Après plusieurs bâillements et étirements, Dmitri se réveilla de son long sommeil provoqué par la substance narcotique. Du moins, son tigre se réveilla et il semblait déterminé à réveiller l'homme également.

Avez-vous déjà expérimenté la version mentale d'une sacrée gifle, mais avec de grosses pattes poilues ? Eh bien, elle s'avéra brusque, mais elle fut aussi efficace.

Il semblait être en mouvement, mais pas en se servant de ses deux pieds. Deux hommes costauds le portaient, enfin, ils le traînaient plutôt, le tenant chacun par un bras. Ses yeux refusaient de rester ouverts, les effets des drogues persistaient. Entre deux clignements, il aperçut de la pierre, encore de la pierre, oh et il crut également sentir un rat. Un rat du genre humain bien entendu, pas celui qui couine.

Le mouvement s'arrêta brusquement. Les types qui le tenaient le jetèrent en avant. Le sol dur lui écrasa presque le nez, mais l'instinct le poussa à tendre les mains en avant et à heurter le sol avec ses paumes et non son visage.

Quelle impolitesse. Ceux qui le malmenaient ne savaient-ils donc pas qui il était ?

Je ferais mieux de leur dire. Dès qu'il parviendrait à sortir de cet état léthargique. Pas étonnant que Teena ait semblé agacée par son utilisation répétée des narcotiques. Cette sensation de ne pas avoir le contrôle était vraiment naze.

Je ne droguerai plus ma femme. Sauf si c'était avec ses baisers.

Ouvrant difficilement ses paupières lourdes, Dmitri entendit le bruit d'une porte métallique que l'on claque. À ce moment-là, le bruit fort fut aussi désagréable que des ongles que l'on racle sur un tableau. Il frissonnait encore rien qu'en repensant à sa sœur, qui traînait ses ongles sur la surface mate, un rictus aux lèvres, faisant de son mieux pour l'agacer. Cela fonctionnait. Donc, il ripostait. Ses cris d'indignation compensaient totalement les semaines qu'il avait ensuite passé à polir l'argenterie jusqu'à ce qu'il se voie dedans.

La tête lourde, les yeux irrités et ayant besoin de boire une boisson forte – que des effets secondaires charmants – cela ne l'empêcha pourtant pas de se lever. Et de se pencher en avant. Le foutu sol s'inclina.

Ouvrant un œil, il put regarder autour de lui et faire le point sur son emplacement. Morne et pourtant classique.

Regarde-moi ça, ils ont coincé le métamorphe sauvage dans un donjon. Quels idiots.

Ne faisaient-ils pas leurs devoirs étant petits ?

Connais ton ennemi. Une leçon enseignée par chaque adulte qui le faisait sauter sur ses genoux.

Connaître les moindres faits sur son ennemi permettait de ne pas se faire avoir par la suite. Prenons l'instant présent, par exemple. Si son ravisseur avait fait ses recherches, il aurait découvert que le donjon était l'aire de jeu préférée de Dmitri quand il était enfant – bien qu'il ait fallu que sa mère le jette plusieurs fois dans une cellule de prison en lui disant « Si tu parviens à me rejoindre, tu auras droit à une friandise » pour qu'il trouve vraiment cela divertissant.

Quel bon temps passé en famille !

Il observa autour de lui. Même si ce donjon ne lui appartenait pas, le design archaïque, avec ses forces et ses faiblesses, lui était familier.

Salut, prison, mon vieux compagnon. Sa cellule actuelle n'avait pas de fenêtre. Dommage, il était plus facile de s'échapper de ce type de cellule. Il suffisait de faire sauter les barreaux et peut-être de détacher quelques blocs pour élargir le trou et quelques instants plus tard, un certain *boyard* était en train d'étrangler les gens avant même qu'ils ne puissent faire un geste.

Tant pis, il pouvait oublier l'idée de s'échapper par la fenêtre. Qu'allait-il pouvoir utiliser à la place ?

Au moins, ils ne l'avaient pas jeté aux oubliettes, un terme assez chic de la langue française pour désigner un trou dans le sol.

Pour celles-ci, les évasions étaient plus difficiles.

Le sol, bien que poussiéreux, s'avéra dégagé. Il n'y avait pas d'égouts recouverts de grilles. En général, ceux-ci permettaient de faire évacuer le sang et d'autres fluides. Pas très malin de l'avoir omis, s'ils voulaient son avis. Il n'y avait aucun débris sur le sol en ciment. Pas d'os des précédents occupants – qui n'étaient d'ailleurs pas faits pour être mangés, du moins c'était ce que lui disait sa mère en les lui arrachant des mains quand il était tout petit.

— On ne mange pas les restes, lui disait-elle. La chair et les os de nos ennemis ont meilleur goût quand ils sont frais.

Ah, les douces leçons de sa jeunesse. Comme il avait hâte de transmettre cette sagesse à ses petits, des petits qu'il avait l'intention d'avoir avec Teena et qui, espérons-le, hériteraient de sa patience et de son attitude exemplaire. Des enfants aux cheveux d'or avec son doux sourire et... qu'en était-il de ses yeux pétillants ?

Hiii. Mets les freins et ralentis, le tigre.

Il devait encore être sous l'emprise des drogues. Voilà qu'il devenait poétique pour une femme maintenant. Il suffisait de dire qu'il l'aimait bien, assez bien pour imaginer un avenir avec elle. Hanches ou pas hanches. Bizarrement, il n'en avait plus rien à faire de leur largeur. Il était obsédé par son épouse et ses gènes n'avaient rien à voir avec ça.

Il avait trouvé en Teena quelqu'un avec qui il pouvait discuter. Quelqu'un qui l'écoutait et qui ne le rabaissait pas, du moins pas de façon cruelle. Elle était capable de se défendre toute seule avec son esprit vif et de le faire fondre avec un sourire. Elle était gentille, bien plus gentille que lui, mais en même temps elle ne se plaignait pas de la dureté de la vie.

Quant au fait qu'elle était un aimant à petits

problèmes – et d'autres qui n'étaient pas si petits – il adorait ça. La vie avec son chaton ne serait jamais ennuyeuse.

Un tigre avait parfois besoin d'exaltation dans sa vie.

Une vie que quelqu'un semblait déterminé à raccourcir.

Hors de question que je meure. Je me fiche de savoir ce qu'ont prévu les humains. Ça n'a pas d'importance. Seule une chose comptait. Sortir d'ici et retrouver son épouse vierge. *Pour que je puisse la dépuceler convenablement, avec ou sans lit.* Cela avait duré trop longtemps.

Il continua d'examiner le lieu. Pas de matelas qu'il puisse déchirer pour en retirer les ressorts. Aucune armature qu'il aurait pu utiliser pour fissurer la pierre ou forcer la porte.

La porte ne disposait pas de charnières qu'il aurait pu enlever. Elle n'avait pas non plus de serrure qu'il aurait pu crocheter. Le portail métallique de sa prison était insensible à ses coups de poing et l'épais cadre en acier, encastré dans la roche ne comportait qu'une minuscule fenêtre, un petit carré avec des barreaux, juste assez large pour y glisser ses doigts.

Complètement inutile à son évasion, mais c'était une fenêtre qui donnait sur l'extérieur.

Après un reniflement rapide pour s'assurer que personne n'était tapi derrière la porte – il avait retenu la leçon après que sa famille ait visité le donjon de son oncle dans le nord et que sa sœur l'ait mordu, cachée derrière la porte – il s'approcha de l'ouverture, à la recherche d'indices.

Il ne trouva rien de particulier, mais il admira le décor.

Une véritable atmosphère de donjon.

Comme il aimait les classiques ! En l'occurrence, ici c'était un vieux donjon qui avait conservé la plupart de ces caractéristiques amusantes qui le rendaient si effrayant, comme les toiles d'araignées dans le coin – les grosses araignées étaient un super bonus, en particulier celles qui étaient poilues et que sa sœur détestait, notamment quand il les cachait dans son lit. Même s'il avait dû ensuite nettoyer les écuries après que sa mère l'y ait obligé, cela valait le coup. La prison gardait son charme médiéval avec ses murs en pierre, cet air humide et froid, le faible cliquetis des chaînes. Mais certaines commodités modernes et astucieuses y étaient intégrées, comme les lampes en fer forgé qui avaient été sculptées en forme de torche avec le verre jaune, taillé comme des flammes. Les torches authentiques étaient vraiment affreuses, elles dégageaient constamment de la fumée et avaient toujours besoin d'être remplacées. Elles pouvaient aussi s'avérer dangereuses pour les cheveux si l'on s'approchait trop près et que l'on était dans une phase cheveux longs et hirsutes.

L'odeur des cheveux brûlés le hantait encore à ce jour, notamment depuis que sa sœur lui avait envoyé des extraits audio de ses cris de surprise peu virils sur sa boîte mail.

Mais ici, il n'y avait pas de feu. Cependant, ce donjon avait une putain de porte solide qui refusait de bouger, même s'il la frappait du plus fort qu'il pouvait. Même pas une fissure.

Cela suffit à son tigre pour qu'il se recroqueville sur lui-même, mort de honte.

— Arrête ça. Nous ne sommes pas un super-héros doté d'une force incroyable. C'est dans ce genre de situation que nous devons faire preuve d'intelligence.

Évidemment, son intelligence aurait pu être mieux mise à profit si on lui avait donné une sorte d'outil. Étant donné que le seul outil qu'il avait, c'était son cerveau, il fit ce qu'il y avait de mieux pour lui. Il décida de faire une sieste.

Malgré son sommeil, quand un bruit extérieur fut détecté – un coup de poing poilu contre son esprit endormi accompagné d'un « *Réveille-toi, imbécile* » version tigre – il se réveilla immédiatement.

Quelqu'un s'approche. Plusieurs personnes même, d'après le rythme irrégulier des pas.

Enfin un peu d'action.

Dmitri prépara le terrain pour la confrontation. Il s'assit et s'appuya contre le mur du fond, une pose indolente avec une jambe tendue et l'autre légèrement repliée, suffisamment pour qu'il puisse s'y adosser et feindre une expression d'ennui. Aussi connu comme étant son regard de *knèze*[1]. Ou, comme disait Sasha, son regard hautain de mec con.

Et non, elle n'avait pas oublié le « a » et le « n » de mec c-an-non. Elle avait bien rigolé quand il lui avait posé la question.

Il est important de préciser que les félins étaient connus pour leurs poses nonchalantes et décontractées. Mais ne croyez pas qu'ils n'étaient pas prêts à bondir en un clin d'œil pour autant.

Les pas se rapprochèrent et son tigre roula presque d'excitation dans son esprit.

Calme-toi. Il faut d'abord que j'analyse la situation.

Ensuite on jouera ?

Oh oui, on jouera beaucoup, lui assura-t-il.

Les pas stoppèrent, tout près. Il pouvait distinguer les cheveux rasés de près du gars qui se tenait juste derrière la toute petite fenêtre. Malheureusement, même si son ennemi était proche, l'ouverture dans la porte était trop petite et trop loin de lui pour qu'il puisse sentir une éventuelle odeur.

Il entendit un crissement sur le métal et le cliquetis d'une serrure. Le verrou fut ouvert et une porte, qui avait bien besoin d'huile, grinça, indiquant son ouverture.

Sauf que ce n'était pas sa porte que l'on venait d'ouvrir.

— Entre.

Haha, il reconnut la voix du pilote qui avait sauté.

Je vois que je suis au bon endroit pour obtenir des réponses à mes questions.

Et une fois qu'il aurait ses réponses, *ce serait l'heure de jouer* ! Son tigre se mit presque à rugir.

— Avant que je n'entre, hum, pouvez-vous me dire si vous retenez un autre prisonnier ?

— Peut-être. On attrape pas mal de trucs par ici.

— Il ne passe pas vraiment inaperçu. C'est un grand type costaud. Musclé et russe. Ai-je mentionné qu'il était très beau ? Il a un sourire sexy et des yeux bleus des plus captivants.

Cette voix... Non, ce n'était pas possible. Tant pis

pour la nonchalance. Dmitri se leva d'un bond et s'approcha des barreaux de la porte.

Il n'eut pas besoin de sentir ce doux arôme pour savoir que Teena se tenait dans le couloir devant sa cellule.

Ils ont ma femme. Mon petit chaton.

Elle s'était fait attraper et maintenant ils comptaient jeter son épouse délicate dans une cellule de prison. Inacceptable, et il s'occuperait de rectifier cela dans un instant. Apparemment, cela ne dérangeait pas la personne qui l'accompagnait de discuter.

— Qui est-il pour toi ?

— Mon mari. Nous sommes de jeunes mariés.

— Ton mari ?

Un ricanement désobligeant retentit haut et fort.

— Les animaux ne se marient pas, continua son interlocuteur. Ils sont simplement en rut puis baisent. Dans ton cas, ton espèce fabrique d'autres monstres pour infecter notre monde.

— Comment ça, mon espèce ? Ne sommes-nous pas tous humains ici ?

— Pas tous non. N'essaie pas de cacher ce que tu es. Je le sais. Je vous ai surveillés. Je m'occupe de freiner votre propagation infectieuse.

— Infectieuse ? Nous ne sommes pas une maladie.

— Non. Vous êtes pires. Vous êtes une abomination. Dire que toi et ceux de ton espèce répugnante avez vécu sous notre nez tout ce temps.

— Répugnante ? Je vous ferai remarquer que nous prenons des douches. Avec du savon, d'ailleurs.

Dmitri aurait pu éclater de rire en entendant sa

réponse indignée, et en même temps, il aurait pu la secouer. En contrariant cet humain mâle avec ce sous-entendu évidemment, elle risquait qu'on lui fasse du mal.

S'il touche à un seul de ses cheveux, il mourra en hurlant.

Tue-le dans tous les cas.

Son tigre fit quelques suggestions brillantes.

— Quelle grande gueule. Elle ne sera plus si grande une fois que j'en aurais fini avec toi. Tu savais qu'il existait un marché pour les femmes de ton genre ? Même celles bien charpentées comme toi.

Bien charpentées ? Cet homme venait-il vraiment d'insulter sa femme ?

Sa rage grandit, bouillonnant sous sa peau.

— Vous ne vous en tirerez pas comme ça, rétorqua Teena.

— Trop tard. Personne ne sait où tu es ni qui te retient prisonnière. Et dans quelques jours, quelques semaines au plus tard, il n'y aura plus aucune trace. Ton amant de tigre sera chassé et abattu et nous garderons sa fourrure comme trophée. Quant à toi, peut-être que tu survivras plus longtemps que les autres femmes. Tu es, après tout, bien plus enveloppée et costaud. Mais ceux à qui je vends ton espèce sont des gens assez bruts. Comme tu t'en rendras bientôt compte.

— Mon mari vous tuera pour ça.

Comme elle avait confiance en lui ! Bon sang. Il avait encore plus la pression. Cette femme semblait déterminée à le mettre constamment au défi.

Sa liste de choses à faire ne cessait de s'allonger.

La sauver d'une situation désastreuse : j'y travaille.

Trouver un lit pour la dépuceler correctement : dès qu'ils seront sortis de ces cellules.

Faire en sorte qu'elle le croit quand il lui assurait qu'elle était la seule et l'unique : il avait encore du pain sur la planche.

En entendant une demi-douzaine de pieds fouler bruyamment le sol alors qu'ils s'en allaient, Dmitri tourna en rond dans sa cellule. Il attendit que l'écho de leurs pas s'estompe avant de se précipiter vers la porte et de jeter un coup d'œil dehors.

De magnifiques yeux ambrés rencontrèrent les siens à travers la fenêtre de la porte d'en face.

— Salut, cher époux. Je dois dire que cette lune de miel s'annonce vraiment mémorable. Je ne crois pas avoir déjà été retenue captive dans une prison médiévale.

— Que le meilleur pour mon petit chaton.

Elle rigola doucement. Il dut lui poser la question.

— Est-ce que ça va ? Ils ne t'ont pas fait de mal ?

— Je vais bien. Une fois que je les ai retrouvés, je suis volontairement partie avec eux en espérant qu'ils m'emmènent près de toi.

Il fronça les sourcils.

— Je ne comprends pas. Tu es volontairement partie à la recherche de l'ennemi ?

— Oui ! dit-elle avec un grand sourire. Pour une fois, je fais quelque chose de complètement fou. Ma famille sera tellement fière quand ils découvriront que je me suis fait capturer exprès pour pouvoir te sauver !

— Tu as fait quoi ?!

Oups, il avait peut-être un peu rugi.

Elle ne fut pas très impressionnée.

— Ne prends pas cet air choqué. Comment étais-je censée te retrouver sinon ?

— J'étais en train de me préparer à m'enfuir. Tu aurais dû rester là où je t'ai laissée.

C'était complètement irrationnel, mais il ne savait pas quoi dire d'autre. Cela le réchauffait de la tête aux pieds, mais il était également consterné de voir qu'elle se souciait assez de lui pour se mettre en danger.

— Je ne pouvais pas rester là où tu m'as laissée, qui plus est sur un banc de neige à cause de tes talents de conducteur.

— Je conduis très bien.

— Dis l'homme qui a perdu sa passagère. Et qui s'est ensuite fait attraper.

Attendez. Il rêvait ou bien venait-elle de lever les yeux au ciel ?

— J'ai été drogué.

— Oh, et alors ça t'a plu ? répondit-elle avec insolence.

Il lui jeta un regard qui ne fonctionnait jamais avec sa sœur, mais qui faisait des merveilles sur sa mère.

— Est-ce qu'une paire de boucles d'oreille en diamant suffira pour que je me fasse pardonner ?

— Ça dépend si elles vont avec l'alliance que je n'ai pas encore ainsi que le collier.

Il cligna des yeux. Puis, il sourit.

— Marché conclu.

— Au fait, j'ai rencontré ta sœur.

Cette annonce perturba totalement le fil de ses pensées – qui impliquaient Teena en train de porter des pierres et de l'or scintillant et... rien d'autre.

— Comment diable as-tu rencontré Sasha ?

— C'est elle qui m'a trouvée quand tu m'as jetée dans la neige. Nous sommes parties ensemble à ta recherche, mais tu n'étais plus là et ensuite ta mère...

— Tu as rencontré ma mère aussi ? la coupa-t-il.

— Oui. Une femme charmante. J'en suis sûre. Peut-être même qu'elle m'appréciera une fois que je l'aurais convaincue que je suis assez bien pour toi.

— Ça n'arrivera jamais.

Personne ne serait jamais assez bien pour le fils de sa mère.

— Alors elle et mon père auront de quoi discuter, parce que lui non plus ne t'acceptera jamais. Mais ignorons-les pour le moment. Tu voulais savoir pourquoi je suis venue te sauver.

— Tu cherchais clairement à te faire punir. Tu sais que si tu voulais une fessée, il suffisait de demander.

Ce fut à son tour de cligner des yeux et d'humidifier ses lèvres avec sa langue rose.

— Je dois avouer que c'est assez intrigant. Mais tu me déconcentres.

— La distraction est toujours mieux que de planifier l'assassinat de ma mère et de ma sœur pour t'avoir laissé te mettre en danger.

— Elles n'ont pas eu le choix. C'est moi qui ai insisté quand j'ai découvert que le satellite allait mettre des heures à te retrouver. Puis, grâce à un étrange coup de chance, les chiens sont revenus alors je suis montée sur le traîneau et je leur ai demandé de rentrer à la maison...

— Les chiens, dit-il à voix basse alors qu'il tentait de comprendre cette série d'événements improbables.

— Oui, les chiens que nous avons trouvés. Tu sais ceux qui se sont pris d'affection pour moi et avec lesquels tu es parti après m'avoir fait tomber dans la neige.

Il avait intérêt à rajouter un bracelet dans la liste de ses cadeaux.

— Ils t'ont retrouvée ?

— Ouaip. Et donc ils sont partis avec moi dans le traîneau et tu seras fier d'apprendre que je ne suis tombée que quelques fois avant de prendre le coup de main. Les chiots...

Il n'y avait qu'elle pour employer le terme chiots en parlant des huskies, des huskies qui pouvaient se rassembler en meute et déchiqueter un tigre d'ailleurs.

—...furent assez gentils pour s'arrêter et attendre que je remonte. Il s'est avéré qu'ils connaissaient le chemin du retour à leur enclos. Je suis donc arrivée dans cet endroit et j'ai fini par croiser ces gardes qui m'ont faite prisonnière. Et – elle eut un grand sourire – me voilà !

Oui, elle était là, mais qu'en était-il des autres ?

— Il y a une chose que je ne comprends pas. Si tu es volontairement partie me chercher, qu'est-il arrivé à ma sœur et ma mère ? Où sont-elles ?

— La dernière fois que je les ai vues, elles étaient en train de me pister à l'aide d'une sorte de GPS à courte portée que j'ai caché dans mon pantalon. Elles font partie de mon plan de sauvetage. Elles ne devraient pas être loin. Tu seras de nouveau bientôt libre.

Il cogna sa tête contre les barreaux auxquels il s'agrippait en murmurant :

— Non. Non. Non. Ce n'est pas possible. Si elles me

sauvent, j'en entendrai parler pour toujours. C'est une catastrophe.

— Je suis sûre qu'elles ne te taquineront pas là-dessus. Ce n'est pas de ta faute si tu t'es fait capturer par des humains. Ils étaient nombreux. Et puis, ils avaient des armes.

Super, maintenant il avait encore plus honte.

— Non, je refuse, dit-il tout bas. Je me sauverai moi-même, bon sang ! hurla-t-il.

— Tu sais, d'habitude, Papa fait vraiment trembler les murs quand il est furieux.

OK, donc il avait intérêt à être encore plus en colère que ça. Être comparé à son père ? Et en plus ne pas être à la hauteur ? Ouais, son adrénaline monta d'un cran. Il tâtonna le bord de la porte, cherchant une faille.

Teena continua de parler.

— Tu seras content d'apprendre que je suis toujours vierge. Quand les hommes ont évoqué le fait de tester la marchandise, je leur ai dit que je me préservais pour mon mari.

— Ils ont dit qu'ils voulaient te toucher ?!

Ooh, ça le faisait bouillir !

— Dit, oui, mais ils n'ont pas agi. Quand le grand chef m'a entendu dire que j'étais vierge, il a dit qu'il pourrait me vendre plus cher.

Ce type voulait vendre sa femme ? Pour du sexe ?

Dmitri respira bruyamment et souffla. Il plissa les yeux, et fixa le mur devant lui.

— Et puis... oh, mon Dieu. Quelque chose vient de bouger dans le coin. Mon Dieu. Non. Non. Non !

Teena se mit à crier. Encore et encore. Un cri de terreur, strident et inacceptable.

Avec un rugissement, Dmitri courut vers le mur de pierre, l'épaule en avant, se servant de sa rage comme bouclier et de son corps comme d'un boulet de canon.

Crack. Effondrement. *Fissure.*

Cette fichue poussière s'envola lorsque la vieille pierre vola en éclat suite à l'impact, et Teena criait toujours, ses hurlements alimentant son instinct de protection.

Tant pis pour trouver une clé ou crocheter la serrure. Il se jeta sur le mur de la cellule de Teena. Il n'eut pas le même élan dans le couloir étroit. Alors il se précipita contre la paroi une fois. Deux fois.

La troisième fois, la pierre bougea – la maçonnerie ancienne était plus facile à briser que l'acier massif – et il trébucha sur les débris de tailles diverses, jusque dans la cellule de Teena.

— Où est-il ? Où est le monstre ?

Quelque chose d'horrible était sûrement en train de la menacer.

Les yeux écarquillés et étant adossée au mur, Teena le regarda d'un air choqué, seule et indemne.

— Je rêve où tu viens de casser le mur comme un bull-dozer ? demanda-t-elle.

— Oui, dit-il en fronçant les sourcils. Tu n'arrêtais pas de crier, pourquoi criais-tu ?

— Araignée.

Ce fut à son tour de la regarder d'un air bête.

— Araignée ? Je ne comprends pas.

— Il y en avait une énorme, ici, avec moi.

— Tu hurlais à cause d'une araignée ?

— Ben, oui. Elle était très grosse. Et poilue, confia-t-elle en frissonnant. Mais tu l'as tué quand tu as fracassé le mur. Une grosse pierre lui est tombée dessus. Mon héros.

Certains hommes se seraient éloignés avec dégoût. Certains se seraient moqués du fait qu'elle ait eu peur. Mais Dmitri ? Il eut un grand sourire.

Elle l'avait qualifié de héros. Il était prêt à tuer une araignée tous les jours si elle continuait de penser de la sorte.

— Viens, petit chaton. Échappons-nous de ce donjon, dit-il en faisant un geste de la main.

— Pourquoi n'attendons-nous pas les renforts ?

Attendre qu'on les aide ?

— Hors de question ! s'exclama-t-il.

Il la prit ensuite dans ses bras, pivota vers l'ouverture qu'il avait créée et réalisa qu'ils ne passeraient pas tous les deux. Il la relâcha, et une fois qu'ils se furent tous les deux faufilés dehors, il la reprit dans ses bras.

Elle pouffa de rire.

— Dmitri qu'est-ce que tu fais ? Je peux marcher toute seule.

— Je te sauve, de la bonne façon. À la...

— Russe, rigola-t-elle. Très bien, allons-y.

Leur évasion ne fut pas vraiment discrète. Les couloirs étaient très étroits et deux des appliques en verre qui recouvraient les lumières sur les murs finirent par se briser sur le sol, pourtant, le bruit tonitruant n'alerta pas les gardes.

Dommage. Cet espace étroit aurait été parfait pour en neutraliser un ou deux à la fois.

Apparemment, les humains savaient que venir dans le couloir finirait par se retourner contre eux, c'est pourquoi Dmitri se trouva face à une armée de flingues pointés dans sa direction quand il ouvrit la porte en haut des escaliers qui menaient à la partie principale du donjon.

Face à sa mort imminente, un tigre aurait pu regretter d'avoir pris une décision hâtive en effectuant sa propre évasion au lieu d'attendre sa sœur et d'autres renforts.

Nan. Jamais il ne mourrait sans se battre. Sauf que désormais, il ne pouvait plus penser qu'à lui.

Toujours blottie dans ses bras, Teena enfouit son visage contre son cou. La pauvre chérie était probablement terrifiée. Il dut tendre l'oreille pour l'entendre lui murmurer :

— Jette-moi.

— Quoi ? aboya-t-il presque et une demi-douzaine d'armes se balancèrent lorsque des doigts transpirants s'agrippèrent à la gâchette.

— Jette-moi sur eux, siffla-t-elle à voix basse. Je m'occupe des trois du milieu et toi du reste.

C'est seulement quand il sentit le corps de Teena se transformer dans ses bras qu'il comprit ; voilà qu'elle sortait les griffes.

Et voilà ma lionne.

Certaines personnes pensaient que les lions étaient les rois, mais quand il était question de chasser, c'était des femelles qu'il fallait se méfier.

Faisant confiance à son chaton, il la jeta. Et oui, la

situation lui parut très ironique, car pour le coup, ce n'était pas les humains que l'on jetait aux lions, mais le lion que l'on jetait aux humains.

Et le tigre, lui, s'occupait du reste.

À certains égards, la métamorphose semblait prendre beaucoup de temps, mais en réalité, une fois que la magie qui manipulait leur structure cellulaire était mise à contribution, le temps de transformation était minime. Assez minime pour que, une fois qu'il eut terminé de bondir, il fût déjà en train de balancer ses pattes pleines de griffes.

Les hommes crièrent. Quelques coups de feu retentirent, ce qui suscita encore plus de cris. Pas de la part de son épouse ni de lui. Les pistolets pouvaient s'avérer efficaces seulement s'ils visaient juste.

L'odeur de panique se mêla à celle du sang frais et de l'aconit. Comme il aimait l'odeur de la bataille ! Ce qu'il aimait moins, c'était les lambeaux de sa chemise qui s'accrochaient encore à lui.

Il n'y avait rien de pire que de ressembler à un imbécile qui ne pouvait pas se transformer correctement. Mais au moins, cet incident n'était pas aussi grave que Teena qui portait encore son string.

En quelques instants, il n'y eut plus que deux félins qui tenaient encore debout dans la pièce. Les corps jonchaient le sol, certains étaient encore en train de gémir, d'autres non. Les faibles cris des deux hommes qui s'enfuyaient résonnèrent jusqu'à eux.

Sa lionne dorée remua la queue et jeta un coup d'œil par la porte.

Il baissa la tête et agita la patte, comme pour lui dire « Après toi ».

En y réfléchissant bien, il ne voulait pas qu'elle rencontre un éventuel danger. Il irait en premier.

Il lui tapa la queue et l'immobilisa. Elle lui jeta un regard noir de ses yeux ambrés, par-dessus son épaule et grogna.

Relâchant sa queue, il botta son derrière poilu, puis la dépassa en trottinant.

Paf !

Elle lui botta les fesses.

Il lui donna un coup de queue pour la remercier de son compliment. Évidemment qu'elle admirait ses belles formes, même lorsqu'il était sous sa forme de tigre, son derrière était fantastique.

Ouvrant la marche, il activa le mode furtif. S'accroupissant, il se faufila le long du grand couloir. Tout un tas d'odeurs le cernait, des odeurs assez banales comme la cire utilisée sur ces sols en bois luisant ou l'arôme léger et délicieux du bacon en train de frire. Avaient-ils raté le petit-déjeuner ?

Mais oublions la nourriture transformée. Aujourd'hui, il était à la recherche d'un autre type de repas et heureusement pour lui, il sentit tout de suite cette eau de Cologne qu'il cherchait.

Focalisé sur sa traque, il faillit ne pas entendre le léger grincement d'une porte qui s'ouvrait derrière lui.

Au moment où il tourna la tête et vit l'homme armé, il remarqua que Teena, qui ne regardait pas devant elle, le nez collé au sol, fonça dans les jambes de ce dernier. Avec un hurlement, le type s'effondra, le coup partit et la balle ricocha, retournant vers le tireur.

Teena expira bruyamment et haussa les épaules, façon lionne.

Et elle appelle ça de la malchance.

Tu parles.

Se mettant à nouveau en mode furtif, Dmitri traqua l'odeur de l'homme qui portait l'eau de Cologne épicée.

Il le trouva, à côté d'une immense cheminée, haute jusqu'au plafond, une monstruosité inefficace. Pourtant, malgré son aspect peu pratique, vu la quantité de bois qu'il fallait pour l'alimenter, sans oublier la suie laissée par la fumée, ces problématiques la rendaient encore plus belle et impressionnante. *Regardez-moi. Je suis un humain tellement riche que je peux brûler une tonne de fric et quand même me geler les fesses dans cette pièce immense.*

Son tigre résuma la chose de façon plus succincte.

Imbécile. Mangeons-le.

Ennemi : check.

Frais : check

Faim ? : beaucoup. Et l'idiot en face de lui le faisait attendre, l'empêchant d'assouvir sa fringale.

— Arrête-toi là, sinon...

L'humain au parfum épicé pointa son fusil à double canon sur Dmitri.

Une seule arme ? Pas de chance – pour le gars qui la tenait. Surtout que l'humain semblait d'humeur à bavarder. Les méchants étaient stupides et prévisibles. Plus ils sentaient qu'ils avaient le contrôle, moins ils appuyaient sur la gâchette.

Dmitri savait de quoi il parlait. Il aimait jubiler une fois qu'il avait réussi à tromper un ennemi. Il aimait regarder leurs visages alors qu'il s'adonnait à une merveilleuse strangulation, leurs yeux qui devenaient tous blancs quand il versait du ciment sur leurs pieds. Ah, le bon temps.

S'il était d'humeur joueuse et cherchait à mettre à jour la sonnerie de son téléphone quand il recevait des SMS, il mettait parfois en place une partie de cache-cache et demandait à sa sœur de le suivre avec un téléphone portable afin d'enregistrer. Sasha avait fait un excellent travail après avoir intégré le fichier audio de façon à ce que ses sbires tremblent de peur dès que son téléphone se mettait à sonner.

Oh là, là, qu'est-ce que j'aime être moi.

Sa transformation de tigre à humain ne prit qu'un instant et il s'étira, sa peau humaine et rosée frissonna face à l'air frais de la pièce.

— Tiens, tiens, ne serait-ce pas là le déjeuner qui s'était échappé ? C'est tellement gentil de venir à moi, dit Dmitri.

— Je ne suis pas venu à toi. Je t'ai capturé.

— Si tu le dis.

Dmitri haussa les épaules et lui fit son sourire le plus calme. Comme Sasha n'était pas là pour lui donner un coup de poing afin de lui enlever ce sourire, il n'eut pas peur de s'en servir.

L'homme arrogant lui jeta un regard noir.

— Arrête de faire le malin. Ce n'est pas parce que tu parles avec des mots et que tu as un visage humain que cela change quelque chose, bestiole.

— Mon nom est Dmitri, bien que cela soit réservé aux amis et à la famille. Mais toi, tu peux m'appeler *knyaz*. Ou mon prince, cela marche aussi.

— Tu n'as pas de prénom. Pas de titre. Pour moi, tu n'es qu'un trophée.

L'humain agita la main, désignant les têtes fixées sur le mur. Des visages figés en un rictus, des yeux de marbres qui reflétaient la lumière, les têtes empaillées étaient les témoins silencieux de leur discussion.

— Tu as tué tous ces animaux.

C'était une affirmation et non pas une question.

L'homme ricana.

— Chacun d'entre eux, oui. Sales bêtes. Et pathétiques en plus. Je m'attendais à ce que ton espèce soit plus sportive. Je leur ai même donné l'occasion de courir. Ce n'est pas de ma faute si le chasseur était plus fort qu'eux.

L'humain se vantait de ses meurtres. Pour quoi ? Une prouesse sportive ?

Je vais lui montrer qui est le maître du sport. Dmitri aussi aimait chasser, surtout ceux qui tuaient ses semblables – comme ce pauvre Jorge empaillé dans un coin qui voulait simplement jardiner tranquillement chez lui. Fini les tomates fraîches du potager. Mère n'allait pas apprécier.

N'aie crainte, Jorge, je te vengerai. Et il vengerait tous ceux qui avaient péri entre les mains de cet imbécile.

Mais d'abord, intéressons-nous à ce qui était légal, car tuer des humains juste pour le plaisir ne l'était pas. Pff, quelle bande de rabat-joie ces dirigeants.

— Chère épouse, prends note, au cas où le tribunal te

le demande plus tard, que cet humain reconnaît par la présente sa culpabilité dans la poursuite et le meurtre flagrant de nos semblables. Je crois qu'il s'agit de crimes haineux. L'homme fait preuve d'un mépris troublant pour ce qu'il a fait et de...

Dmitri s'arrêta, cherchant le mot exact.

Teena le lui souffla, après s'être également transformée et Dieu soit loué, ce foutu string la couvrait quand même un peu.

— Stupidité ?

— Quoi ?

Il avait oublié de quoi ils parlaient.

— J'ai dit que le chasseur humain était un imbécile. Ce qui veut dire qu'il n'y a qu'un seul verdict possible.

— Il est coupable. Il doit mourir.

Click. L'homme se racla la gorge.

— Excusez-moi, mais vous semblez avoir tous les deux oublié que c'est moi qui tiens ce putain de flingue.

— Mon Dieu. Ce n'était probablement pas une bonne idée, murmura Teena avant de plonger vers le chasseur.

Et c'est là que le puissant pouvoir de Teena, qu'il allait finir par surnommer « le provocateur d'événements », entra en jeu.

Grrr.

---

1. Terme d'origine slave qui désigne un chef local et dénote un rang de noblesse élevé

CHAPITRE VINGT-DEUX

Plongeant vers le type qui tenait le fusil, Teena se douta que sa malchance habituelle allait bientôt frapper.

À moins que Dmitri n'ait raison ? Peut-être que sa chance s'exprimait juste différemment ?

Alors qu'elle s'envolait dans les airs, consciente que ses seins libérés ouvraient la voie, elle espérait juste pouvoir prendre l'humain par surprise, assez pour rapidement avoir le dessus.

Effectivement, elle le surprit.

Il écarquilla grand les yeux et resta bouche bée alors qu'il s'éloignait d'elle en titubant, déviant la trajectoire de son tir. Il recouvra suffisamment ses esprits pour appuyer sur la gâchette, mais ce type d'arme avait un recul important à cause de la détonation. Le fusil se renversa, le canon pivota et apparemment, elle avait beaucoup de points communs avec un nez au milieu de la figure : elle était impossible à rater.

Aïe.

Il m'a tiré dessus.

Juste une éraflure, mais assez pour lui arracher la peau et la faire saigner.

C'était comme s'il venait d'agiter un drapeau rouge sous le nez de son mari.

Apparemment, il n'y avait pas que les tigres qui étaient capables de faire un bond d'une dizaine de mètres à l'aide d'une seule impulsion. Son époux contracta ses cuisses musclées et s'élança dans les airs pour atterrir sur le chasseur.

Alors qu'il cognait la tête de l'humain contre le sol, il grogna :

— Tu. *Paf* ! Ne. *Bang* ! Tire. Pas. *Pouf* ! Sur ma femme !

Puis, il lui assena une série de coups rapides.

— Mauvais humain ! Humain tué. Jugement rendu.

Avec un dernier craquement, la cause de tous leurs problèmes regarda fixement le plafond, là où un aigle immense flottait sur une ligne de pêche.

La partie consciente de Teena trouva cette violence rebutante, mais la prédatrice en elle – et regardons les choses en face, elle était plus chasseuse que proie – appréciait le fait que son compagnon ait neutralisé la menace.

— Gentil chaton, ronronna-t-elle.

Il l'entendit. La silhouette massive se retourna vers elle, toujours accroupie. Avec un grognement, il laissa retomber leur ennemi mort, mais le danger émanait toujours de sa peau, une tension vibrante qui était vraiment sexy.

Regarde-moi cette peau nue. Si proche et suppliant qu'on la lèche.

Et pourquoi pas un massage ? Était-ce à cause de l'expression sur le visage de Teena et de ses tétons qui durcissaient, ou bien ressentait-il la même chose qu'elle ? Elle n'en savait rien et s'en fichait.

Ils n'avaient pas besoin d'excuse pour se jeter l'un sur l'autre. Leurs bras s'enroulèrent autour de l'autre, leurs lèvres s'entremêlèrent avec passion, le souffle court.

— Nous devons arrêter de nous retrouver de cette façon, dit-il.

— Comment ça ? Tu veux dire, en allant d'une catastrophe à l'autre ? Il va falloir t'y habituer. C'est toujours ce qui se produit en ma présence. Nous devons saisir notre chance, quand et où nous le pouvons.

Elle lui mordilla le cou.

Elle ne put s'empêcher de remarquer ce frisson qui le traversa.

— Enroule tes jambes autour de ma taille.

Elle fit ce qu'il lui ordonnait, mais demanda quand même :

— Pourquoi ?

— Nous n'irons nulle part tant que je ne t'aurais pas revendiquée.

— Euh, Dmitri, je n'aime pas souligner ce qui est évident mais, si, justement, nous allons quelque part, et devine quoi, là-bas je ne suis toujours pas revendiquée.

— Ne m'embrouille pas l'esprit avec ces détails, petit chaton. Je suis trop excité pour penser clairement.

— Nous allons trouver un endroit pour que je puisse t'offrir cette nuit de noces que nous avons manquée.

— Pourquoi, ça ne te convient pas ici ? demanda-t-elle alors que Dmitri courait vers les cuisines, la tenant toujours dans ses bras.

Celles-ci avaient de beaux comptoirs rutilants et une femme plus âgée était en train d'écraser une pâte avec un rouleau à pâtisserie. Du moins, figée en plein mouvement, le rouleau au-dessus de la boule de farine, la bouche grande ouverte.

— Bonjour, cuisinière. Je vais dépuceler ma femme, ce qui risque de me laisser affamé, je double votre salaire si vous nous préparez un bon petit déjeuner pour moi et mon petit chaton d'ici environ une heure.

— Une heure ? couina Teena.

— Tu as raison. C'est trop long. Vu le désir que j'éprouve pour toi, ce sera plutôt quinze minutes. Mais je peux attendre au moins trente minutes avant de manger. Nous pourrons nous faire des câlins en attendant.

— Dmitri. C'est tellement... tellement...

— Russe ? répondit-il avec un sourire.

Elle éclata de rire.

— Non, parfait !

Dmitri prouva sa détermination en leur trouvant une chambre à coucher. Deux étages à franchir en montant les escaliers ? Il ne fut même pas essoufflé une fois arrivé en haut. Paniqua-t-il ou râla-t-il quand l'ennemi déboula en tenant un poignard ? Non, il esquiva juste le coup. Le voyou plongea et trébucha sur son lacet défait – tiens, si ça, ce n'est pas de la malchance – et dégringola les escaliers. Elle grimaça quand elle vit où avait atterri le couteau.

— Regarde ça mon chaton ! Tu es comme de la kryptonite pour mes ennemis ! s'exclama-t-il.

— Tu fais référence à des super-héros de bande dessinée maintenant ? Qu'est-il arrivé aux romans d'amour ?

— Les superhéros finissent toujours par séduire la fille, dit-il avec un clin d'œil en ouvrant une porte et en la refermant ensuite avec le pied.

— On est arrivés, c'est bon ? le taquina-t-elle.

— Oui. Voici, un lit.

Il se dirigea vers le sommier massif et, avec un sourire, il la fit retomber sur le matelas.

Elle heurta les ressorts. Ceux-ci se contractèrent, puis, avec un *bong*, presque audible ils se déplièrent, l'envoyant valser vers le haut, ce qui aurait pu ne pas être très grave, sauf que Dmitri se précipita pour la rattraper, heurta le côté du lit et bascula. Il ne l'écrasa pas et atterrit simplement sur le matelas, mais un petit lit pour les humains ne convenait pas pour un tigre et une lionne.

Crack. Poum ! Le lit s'effondra d'un côté et Teena rebondit à nouveau, cette fois-ci en tombant à côté du lit.

Mais cela lui était arrivé suffisamment de fois pour qu'elle sache qu'elle devait se replier sur elle-même, rouler et atterrir sur la fourrure épaisse qui recouvrait le sol – snif – de la fausse fourrure, Dieu merci.

— Chaton ! Reviens immédiatement sur ce lit !

Elle tourna la tête et vit que Dmitri avait roulé sur le dos sur le lit malheureusement penché. Étant donné qu'il avait encore trois autres pieds qui pouvaient s'effondrer, elle préféra rester là où elle était en sécurité.

Mais également seule.

Elle tapota le coin à côté d'elle.

— Oh. Dmitri.

— Non. Il y a un lit tout à fait convenable juste ici.

Crack.

Un autre pied s'effondra au niveau de la tête de lit et l'inclinaison changea, faisant rouler Dmitri. Il ne regarda même pas où il était tombé. Il se releva immédiatement, la surplombant.

Plus d'un mètre quatre-vingts de chair mâle de première qualité. De la chair mâle nue. *Le mien.*

Oh oui.

Son regard venait-il de la trahir ? Ce fut peut-être la façon dont elle se lécha les lèvres qui attisa cette flamme dans son regard ? Quelle qu'en fût la raison, en un clin d'œil, il se retrouva à côté d'elle, à genoux sur le tapis, ses lèvres cherchant les siennes. Leurs bouches s'imbriquèrent l'une dans l'autre, et ils oublièrent où ils se trouvaient. Seule une chose comptait.

Nous devons nous toucher.

Ce n'était plus une option, c'était une nécessité. Le désir brûlait en eux. Ce besoin impérieux de le sentir jouir en elle, qu'il la revendique – et qu'elle le revendique – l'emportait sur toutes les autres préoccupations.

Il semblait être possédé par le même empressement. Sa bouche se satisfaisait peut-être de mordiller et de goûter la sienne, mais ses mains, elles, étaient en mission et l'exploraient.

Des doigts calleux caressèrent la peau douce de son ventre, glissant sur sa chair, impatients de toucher et de goûter. De goûter une peau qui n'avait pas été sous la douche depuis un moment.

— Attends, dit-elle en roulant sur le côté, brisant leur étreinte et se relevant.

— Reviens ici. Je n'ai pas terminé, dit-il.

Mais elle l'ignora, tout comme il ignora également ses propres ordres en se levant à son tour et en grognant :

— Chaton.

Était-ce parce qu'elle se déshabillait au fur et à mesure qu'elle avançait ? Quant à sa destination, une chambre dans un endroit pareil disposait exactement de ce dont elle avait besoin : une salle de bains. Et mieux encore, une grande douche à l'italienne.

Pour sa première fois, elle aurait au moins aimé être propre. Propre pour les cochonneries qui allaient suivre.

Nue et très à l'aise, elle resta là un instant et se baigna dans la chaleur de son regard enflammé. Entre ses épaules, sa peau, très en alerte, la picotait.

Elle ne put résister et regarda par-dessus son épaule. Elle retint son souffle.

Il est magnifique.

Ses cheveux noirs étaient ébouriffés après leurs galipettes. Les traits hautains de son visage étaient pleins de désir.

Un désir pour elle.

Elle entra dans la douche et tressaillit en ouvrant le robinet, l'eau froide l'aspergeant, mais celle-ci se réchauffa rapidement.

Ses narines se dilatèrent, mais il ne dit pas un mot. Il n'en avait pas besoin. Une tension érotique émanait de lui, son corps entier était tendu et replié, prêt à bondir.

Tellement dangereux.

Tellement sexy.

Le mien.

— Viens ici, ordonna-t-elle.

Qui était cette Teena audacieuse ? Cette tentatrice effrontée qui l'appelait ?

Entendait-il ses pensées ? Car il rétorqua :

— Tu es à moi.

La possessivité pouvait être assez sexy.

Il vint à elle, son mari et futur amant. La douche large devint rapidement exigüe.

C'était parfait. Son corps se frotta contre le sien, réveillant toutes ses terminaisons nerveuses. Ses mains se mirent à lui caresser le dos en faisant des cercles, les élargissant de plus en plus. Il fit monter la tension, encore et encore.

— Aaah.

Elle pencha la tête en arrière en soupirant. Il saisit ses seins gonflés, les pesant avec ses grandes paumes. Le léger pincement lui donna quelques frissons.

Il la plaqua contre le carrelage froid de la douche, son corps imposant se serrant contre le sien.

Sa cuisse écarta la sienne, elle agrippa le muscle épais, se frottant contre lui, ce qui provoqua en elle un plaisir frissonnant.

Son sexe se délecta de cette friction contre sa jambe. Mais en fin de compte, ce n'était pas ce qu'elle voulait.

Elle tendit la main et le saisit, la racine épaisse de sa bite tenant à peine dans sa main.

Tellement large. Et la longueur... Sa main glissa, remontant le long de son membre, tel de l'acier chaud, dur, dur comme la pierre même et presque vivant. Il se raidit et pulsa alors qu'elle jouait avec. À chaque signe de plaisir de Dmitri, le sexe de Teena frémissait.

Maintenant. Pitié, maintenant.

Elle l'avait peut-être murmuré à voix haute, car il répondit.

— Oui, mais pas ici.

Il sortit de la douche et elle aurait pu pleurer à cause de cette perte de contact. Mais il l'attira rapidement vers lui, l'enroulant dans une serviette moelleuse avant de la prendre dans ses bras et d'entrer dans la chambre. Le lit était toujours penché.

Il avait l'air si déçu. Le pauvre, il était obsédé par l'idée de faire de sa première fois une expérience parfaite.

— Je sais que tu aimerais vraiment que l'on fasse ça sur le lit, mais n'y a-t-il pas plusieurs romans d'amour qui décrètent qu'un tapis devant un feu de cheminée est tout aussi bien ?

Heureusement pour eux, c'était une cheminée à gaz, car Dmitri posa Teena sur le tapis et insista pour allumer la cheminée, pour l'ambiance.

Elle aurait pu s'y opposer, mais cela lui permit de prendre le temps de se calmer et d'admirer les mouvements de ses fesses quand il chercha le cadran pour activer le foyer à gaz.

Des flammes vacillantes se mirent à danser derrière lui quand il se retourna d'un air satisfait. De nouveau à ses côtés, il se pencha et reprit leur baiser et leur étreinte.

Pensait-elle s'être calmée durant ce court moment de répit ? Pff, jamais. Le feu en elle reprit de plus belle, plus intense encore qu'auparavant. Les palpitations dans son sexe demandaient à être satisfaites.

Elle promena ses doigts à travers ses cheveux, l'attirant près d'elle alors que ses hanches s'inclinaient sous lui.

Elle mordilla vivement sa lèvre inférieure, ce qui le fit rire.

— Tu es prête pour moi, chaton ?

Arrêterait-il enfin de la torturer ? Elle lui mordit le cou fermement, assez fort pour lui érafler la peau, assez pour lui permettre de goûter son homme de façon plus primitive.

Il émit un bruit, unique en son genre, un mélange de gémissement et de rugissement.

Les taquineries prirent fin.

Le bout de son sexe épais s'approcha de ses lèvres. Il plongea dans le miel qui perlait, humidifiant son membre. Alors que ses lèvres à lui revendiquaient les siennes, il s'enfonça.

Oh, mon Dieu.

C'était différent de tout ce qu'elle avait pu imaginer. Un étirement très perceptible et pourtant... agréable. C'était un peu serré et étroit, mais c'était en train d'avoir lieu.

Elle enfonça ses ongles dans son dos, se cambrant lors de cette pénétration lente qui se transforma en une douleur aigüe.

Il venait de rompre son hymen.

... et il continuait de s'enfoncer.

Sa respiration devint erratique et haletante, son corps entier se raidit et se recroquevilla. Les hanches de Dmitri pivotaient contre elle tandis qu'il s'enfonçait en elle. C'était putain d'incroyable.

Elle ouvrit la bouche en un cri silencieux. Elle se cambra. Elle s'agrippa à lui et le repoussa à la fois.

L'intensité. Le plaisir... Le...

Telle une vague lente, une énorme vague, suivie par d'autres petites vagues, des rangées entières, qui la traversèrent de toute part.

Elle cria probablement son prénom. Elle se demanda même si elle était toujours en vie.

Mais une chose était sûre.

Il est à moi.

CHAPITRE VINGT-TROIS

Elle est à moi.

Une façon de penser très primitive, mais appropriée, étant donné qu'il était en train de lui mordre le lobe d'oreille. Certains aimaient marquer la peau au niveau du cou ou de l'épaule. Mais Dmitri aimait beaucoup ses petites oreilles sensibles.

Alors il en revendiqua une qu'il utilisa pour laisser sa marque.

Il y avait quelque chose dans cet acte, peut-être était-ce la signification qu'il y avait derrière, qui le rendait plus intense. Il était désormais marié, de toutes les façons possibles, à cette femme.

Ils allaient passer toute leur vie ensemble.

— À quoi tu penses ? demanda-t-elle quand sa respiration se calma enfin.

Il croisa son regard ambré et sourit.

— Je pense au fait que tu es parfaite.

— Le feu.

— Oui, c'est le feu avec toi, tu es très sexy.

— Non, je veux dire qu'il y a le feu. Genre, derrière toi.

Effectivement, pendant leurs efforts éprouvants, le tapis avait bougé et s'était cogné contre la cheminée ouverte. Les flammes étaient en train de lécher la fourrure.

La pauvre Teena semblait consternée.

— Je suis désolée. Je n'aurais pas dû te laisser démarrer un feu en ma présence.

Mais Dmitri ne jura pas ni ne paniqua. Il rigola en se relevant et jeta le contenu d'un vase qui se trouvait à côté, sur le tapis.

— Pas d'inquiétude. Ça y est, il est éteint, dit-il en se retournant et en levant le doigt dans sa direction. Je t'interdis de t'excuser, chaton. Personnellement, je pense que ton talent sera un grand atout.

— Pourquoi tu crois ça ?

— Je prédis que le marché de la construction va bientôt exploser, et étant donné que j'en possède déjà une bonne partie, je pense que toi et moi allons participer à de nombreux dîners et rassemblements afin d'utiliser tes compétences.

— Dmitri !

Avant même qu'elle ne puisse dire autre chose – même si, d'après son regard amusé, elle feignait de prendre un air choqué – la porte de la chambre fut ouverte d'un coup sec.

Alors même que la porte rebondissait sur le mur, Dmitri était déjà en mouvement. Avec une main, il tira la couverture sur le lit et l'enroula autour de Teena, puis il s'accroupit devant elle, prêt à bondir.

Il gémit ensuite quand son nouveau beau-père hurla :

— N'aie crainte ma petite chérie, Papa est là !

Et même si l'autre homme tenait une arme, il ne tira pas tout de suite.

Tu sais quoi, je crois que mon nouveau beau-père m'aime bien. Contrairement à sa fille qui n'aimait pas beaucoup son père actuellement.

— Papa, va-t'en ! couina-t-elle, les joues cramoisies et brillantes en relevant la couverture jusqu'à son menton.

— Mais je suis là pour, hum… te sauver ?

Peter regarda d'abord Dmitri qui lui sourit et haussa les épaules, puis sa fille sur le sol, qui lui jetait un regard noir.

— Putain de merde, ne me dis pas que tu t'es accouplée avec ce foutu Russe.

— Si, et tu veux bien arrêter de l'appeler comme ça, s'il te plaît ?

— Sinon quoi ?

— Ne m'oblige pas à prendre la même voix que Maman.

Peter frissonna.

— Ça, c'est vraiment diabolique, ma petite chérie.

— Qui est-ce qui est diabolique ? demanda Sasha en entrant dans la pièce.

Elle laissa échapper un sifflement peu féminin en remarquant le lit cassé, le bout brûlé du tapis et l'épouse de Dmitri qui rougissait par terre – elle n'aurait pas pu être plus rouge si elle l'avait voulu.

Non, attendez, il avait tort. Finalement, là, on était face à une toute nouvelle nuance de rouge cramoisi, encore jamais vue auparavant.

— Où est mon fils ? Qu'est-ce que cet *humain* lui a fait ? cria la mère de Dmitri.

Il pouvait totalement comprendre que son chaton soit mortifié. Était-ce peu viril d'avouer que lui aussi avait envie de ramper sous la couverture afin d'y rejoindre son épouse ?

Mais hé, au moins, il avait fait de sa première fois une expérience mémorable.

ET PEU DE TEMPS APRÈS, il lui offrit un mariage dont elle se souviendrait – et qui n'impliqua aucune drogue ! Il invita même la famille de Teena. Et dire qu'eux le traitaient de cinglé. Après avoir rencontré certains membres de sa famille, il trouva cela culotté de leur part.

Ce deuxième mariage s'avéra magnifique. La mariée fut vêtue de blanc, même si la mère de Dmitri insista pour qu'elle ne le fasse pas étant donné qu'ils avaient été pris en flagrant délit. Par contre, la mère de Teena, elle, eut le dernier mot. Personne ne sut vraiment ce qu'il s'était passé en coulisse, mais vu les coups entendus et les coiffures peu soignées des matriarches lorsqu'elles sortirent de la pièce, tout cela suscita de nombreuses spéculations.

Malgré le prêtre qui trébucha sur sa soutane et écrasa les fleurs, le musicien qui se cassa la main et ne put jouer que des accords graves, ainsi que le traiteur qui tomba malade au dernier moment et les contraignit à commander du fast-food, la journée fut parfaite.

Teena était parfaite.

Elle est à moi.

L'épouse du tigre. Et, plus tard dans la soirée, alors qu'il la tenait dans ses bras, sa peau mouillée de plaisir, dans un lit, ENFIN, il lui murmura :

— Sache que c'est toujours toi que je choisirai.

Et plus incroyable encore, elle l'avait également choisi en retour.

ÉPILOGUE

Neuf *mois plus tard. Et oui, la mère de Dmitri avait compté.*
Ne crie pas. Ce n'est pas viril.

Dmitri parvint à se contenir, mais à peine. Sa femme avait une sacrée poigne, notamment quand elle était en souffrance, mais il était capable de le supporter, pour l'aider, même si après ça, il ne pourrait probablement plus jamais tenir un stylo de sa vie. Il tint la main de son épouse et parvint à ne pas grimacer, même quand elle écrasa fermement la sienne. Une légère transpiration couvrait son front et elle haletait à cause des contractions.

Il lui murmura des mots de soutien. Il avait retenu la leçon. Une fois, Dmitri avait osé demander pourquoi les femmes toléraient si bien la douleur de la métamorphose mais se lamentaient durant l'accouchement. Grand-mère, qui avait donné naissance à treize petits, lui avait donné une bonne leçon ce jour-là.

Alors que sa femme était en plein travail, il se souvint

qu'il avait hésité à être présent pour la naissance de son fils. Sa mère trouvait cela inapproprié qu'un seigneur soit là durant l'accouchement de sa femme. Sa grand-mère était scandalisée. Sa sœur, en revanche, s'était moquée de lui.

— Mauviette, avait-elle ricané lorsqu'il avait expliqué pourquoi il préférait rester en dehors de la salle d'accouchement.

Quel homme était capable de supporter que l'on mette sa virilité en doute ? Quand la sage- femme était arrivée, Dmitri était resté dans la chambre, se tenant devant le lit, anticipant à la fois l'arrivée de son enfant tout en étant horrifié de voir la douleur qu'il faisait subir à son pauvre chaton.

— Nous aurions dû aller dans un hôpital où l'on aurait pu te donner des médicaments pour la douleur, dit-il quand une autre vague de contractions fit trembler le corps de Teena.

— Pas de médicaments, haleta-t-elle. Tout ça. Est. Parfaitement. Naturel ! hurla-t-elle alors qu'une autre contraction la traversait.

Naturel ? Dmitri n'était pas sûr d'être d'accord, mais il était trop tard pour changer d'avis désormais. Le bébé arrivait. Son fils. Un mini-lui. Le mâle qui porterait son nom et sa dynastie.

Du moins, c'était ce qu'il pensait. L'échographie n'avait jamais pu permettre d'identifier le sexe à cause de la position du placenta et Teena avait refusé tout autre test, affirmant qu'elle voulait que ce soit une surprise.

Surprise. Voilà un mot qui décrivait bien leur vie actuelle. Chaque jour était une nouvelle aventure avec sa femme. Sa rapidité et son agilité s'étaient récemment perfectionnées alors qu'il passait son temps à plonger, esquiver et lutter contre ces difficultés qui accablaient sa femme.

Maintenant qu'elle avait un héros à ses côtés, même elle finit par admettre à Dmitri que son pouvoir de nuisance n'était peut-être pas si mal. Surtout parce qu'ils étaient ensemble. Et bientôt, avec leur fils.

Avec beaucoup de sang et de cris – notamment de sa part – son enfant vit le jour avec un gémissement puissant.

Légèrement étourdi, Dmitri s'assit sur le tabouret près de sa femme, lui tenant toujours la main. Il cligna les yeux tandis que le bébé, son enfant, avait son cordon coupé et une couverture autour de lui.

La sage-femme lui tendit le baluchon.

— Votre fille, mon seigneur.

Une fille ? Mais il avait demandé un fils. Mais la sage-femme s'en fichait. Et lui remit le bébé hurlant. Tellement léger. Il remarqua à peine son poids dans ses bras. Il l'observa, remarquant son petit visage qui dépassait du tissu.

Leurs regards se croisèrent. Les pleurs cessèrent.

Elle cligna des yeux dans sa direction, ceux-ci étaient bleus et immenses, encadrés par des cils épais. Sa bouche, tel un petit bouton de rose, se pinça, puis s'étira en un sourire – car en réalité, elle avait des gaz, mais là-dessus, personne ne pourrait le faire changer d'avis, il prit ce sourire pour lui.

Son cœur se serra et il eut le souffle coupé. *C'est ma fille.*

Mon enfant. Ma fille.

Mon Dieu. Avec ses gènes et ceux de sa mère, elle serait parfaite. Plus que parfaite. Extraordinaire. Et les garçons finiraient par remarquer à quel point elle était géniale, ce qui voulait dire...

Alors qu'il prenait conscience de plusieurs choses, il serra sa fille contre lui, même s'il planifiait déjà d'investir dans un plus grand château. Un avec des douves. Remplies d'alligators.

Oh et des tours de garde. Avec des hommes armés.

Et...

— Ce n'est pas le placenta. Il y a un autre bébé qui arrive ! s'exclama la sage-femme, brisant sa rêverie.

Un autre ?

Effectivement. En quelques minutes, Dmitri tint deux petites filles parfaites dans ses bras.

— J'espère que tu n'es pas déçu. Je sais que tu voulais un fils, dit Teena en tendant les bras pour attraper un des nourrissons.

Alors qu'il blottissait un enfant dans le creux de ses bras pour qu'elle puisse le câliner et admirer ces merveilleux enfants qu'elle avait créés, il ne put s'empêcher de sourire.

— Déçu ? Jamais. Mes petites *czarinas*[1] éblouiront tout le monde par leur beauté. Elles règneront sur le monde grâce à leur grandeur.

Alors qu'il s'épanchait sur les nombreuses vertus que possèderaient probablement leurs filles, son épouse sourit et lui dit silencieusement :

— Je t'aime.

Et ce qui était merveilleux c'était que :

— Moi aussi je t'aime, petit chaton. Maintenant et pour toujours.

LA FIN? NON. QUAND UNE LIONNE GROGNE

Autres livres: EveLanglais.com

---

1. Femmes autocrates

www.ingramcontent.com/pod-product-compliance
Lightning Source LLC
LaVergne TN
LVHW041628060526
838200LV00040B/1490